中公文庫

教科書名短篇

家族の時間

中央公論新社 編

中央公論新社

目次

あとみよそわか／うずまき　幸田　文　9

＊

トロッコ　芥川龍之介　29
尋三の春　木山捷平　41
黒い御飯　永井龍男　69
輪　唱　梅崎春生　79
ひばりの子　庄野潤三　105

子供のいる駅　黒井千次　119
握　手　井上ひさし　131
小さな手袋　内海隆一郎　145

＊

ふたつの悲しみ　杉山龍丸　161
幸　福　安岡章太郎　171
おふくろの筆法　三浦哲郎　187

私が哀号と呟くとき　五木寛之　193

＊

字のない葉書／ごはん　向田邦子　213

教科書名短篇　家族の時間

あとみよそわか／うずまき

幸田文

■こうだ・あや　一九〇四〜九〇
東京生まれ。主な作品『父・こんなこと』『台所のおと』
初出　『創元』一九四八年十一月
初採録　あとみよそわか
「中等新国語　文学編1上」（光村図書出版、一九五二年）
うずまき（「水」の後半部分に表題を付けたもの）
「中等新国語3　新版」（光村図書出版、一九五八年）
底本　『幸田文全集』第一巻（岩波書店、一九九四年）

あとみよそわか

掃いたり拭いたりのしかたを私は父から習った。掃除ばかりではない、女親から教えられる筈であろうことは大概みんな父から習っている。パーマネントのじゃんじゃら髪にクリップをかけて整頓することは遂に教えてくれなかったが、おしろいのつけかたも豆腐の切りかたも障子の張りかたも借金の挨拶も恋の出入も、みんな父が世話をやいてくれた。

人は父のことをすばらしい物識りだと云うし、また風変りな変人だというが、父に云わせれば、おれが物識りなのではなくてそういう人があまりに物識らずなのだと云い、わたしが変なのではなくて並外れの人が多い世の中なんだ、ということである。はははあとも思い、はてなともおもっていた。いずれにせよ、家事一般を父から習ったということは、そういう父の物識りの物教えたがりからでもなく、変人かたぎの歪んだ特産物でもなかったのである。露伴家の家庭事情が自然そういうなりゆきにあったからであり、父はそのなりゆきにしたがって母親の役どころを兼ね行《おこな》ってくれたのであった。私は八歳の時に生母を失って以後、継母に育ての恩を蒙《こうむ》っている。継母は生母にくらべて学事に優り、家事に劣っていたらしい。

この人は教育者の位置にあった人であるが、気の毒にも実際のまま子教育には衝きあたることが多かった。失望、落胆、怒り、恨み、そして飽き、投げ出すという順序である。教えてやろうとするから私もいやな思いをする、子も文句を云う、世間じゃまま子いじめだと云う、ほっとくのが一番面倒が無くていいという宣言は、父も私も幾度も聴いている。父は兄弟の多い貧困の中に育って、朝晩の掃除はいうまでもないこと、米とぎ・洗濯・火焚き、何でもやらされ、いかにして能率を挙げるかを工夫したと云っている。格物致知《かくぶつちち》はその生涯を通じて云い通したところである、身を以てやった厳しさと思いやりをもっている。おまけに父の母である。八人の子のうち二人を死なせ、あとの六人をことごとく人に知られる者に育てあげた人である。ちゃんとイズムがあって、縫針・庖丁・掃除・経済お茶の子である、音楽もしっかりしている。こういうおばあさんが遠くからじっと見ていて、孫娘が放縦に野育ちになって行くのを許す筈が無い。そして問題の本人たる私は快活である、強情っ張りは極《ごく》小さいときからの定評、感情は波立ち易くからだは精力的と来ている。こういう構成ではどうしても父がその役にまわらなくては収まりがつかないのである、その心情は察するに余りあるものである。

はっきりと本格的に掃除の稽古についたのは十四歳、女学校一年の夏休みである。教育は学校の時間割のように組織だってしてくれたというのではない。気の向いた時に教えてくれるのだが、大体十八位までがなかなかやかましく云われた。処は向嶋《むこうじま》蝸牛庵《かぎゅうあん》の客間兼父の居間の八畳が教室である。別棟に書斎が建つまでは書きものをする処にもなってい、子供は勿論、家人も随意な出入は許されていなかった、いわばいかめしい空気をもった部屋であった。つまり家中で一番大事な、いい部屋なのである。玄関でなく茶の間でなく寝室でない、この部屋を稽古場にあてられたことは、稽古のいかなるものであるかを明瞭にしている。十四といえば本当の利かん気の萌え初める年頃である、これはやられるなと思い、要心し期待し緊張した。道具を持って来なさいと云われて、三本ある箒《ほうき》の一番いいのにはたきを添えて持って出る。見て、いやな顔をして、「これじゃあ掃除はできない。ま、しかたが無いから直すことからやれ」というわけで、日向水《ひなたみず》をこしらえる。夏の日にそれがぬるむまでを、はたきの改造をやらされ、材料も道具もすべて父の部屋の物を使った。おとうさんのおもちゃ箱と称する桐の三ッひきだしの箱があって、父専用の小道具類がつまってい、何かする時はきっとこれを持ち出すのである。鋏《はさみ》を出して和紙の原稿反故《ほご》を剪《き》る、折る。折りかたは前におばあさんから教えてもらったことがあるから、十分試験に堪えた。団子の串に鑢《やすり》をかけて竹釘《たけくぎ》にする、釣綸《つりいと》のきれはしらしい渋引の糸屑《いとくず》で締めて出来上り。さっきのはたきとは房の長さも軽さも違っている。「どうしてだか使って見ればすぐ会得する」と云われた。箒は洗って歪みを直した。第一日は実際の掃除はしなかった代りに、弘法筆を択ばずなんていうことは愚説であって、名工はその器をよくすというのが確かなところだということを聞かされた。その日、その部屋は誰がどう掃除したか、まるで覚えていない。

第二日には、改善した道具を持って出た。何からやる気だと問われて、はたきをかけますと云ったら言下に、「それだから間違っている」と、一撃のもとにはねつけられた。整頓が第一なのであった。「その次には何をする。」考えたが、どうもはたくより外に無い。「何をはたく。」「障子をはたく。」「障子はまだまだ！」私はうろうろする。「わからないか、ごみは上から落ちる、仰向け仰向け。」やっと天井の煤《すす》に気がつく。長い采配の無い時にはしかたが無いから箒で取るが、その時は絶対に天井板にさわるなと云う。煤の箒を縁側ではたいたら叱られた。「煤の箒で縁側の横腹をなぐる定跡《じょうせき》は無い。そういうしぐさをしている自分の姿を描いて見なさい、みっともない恰好だ。女はどんな時でも見よい方がいいんだ。はたらいている時に未熟な形をするようなやつは、気どったって澄ましたって見る人が見りゃ問題にゃならん」と、右手に箒の首を摑み、左の掌《てのひら》にとんとんと当てて見せて、こうしろと云われた。机の上にはたきをかけるのはおれは嫌いだ、どこでもはたくはたきは汚いとしりぞけ、漸《ようや》く障子に進む。

ばたばたとはじめると、待ったとやられた。「はたきの房を短くしたのは何の為だ、軽いのは何の為だ。第一おまえの目はどこを見ている、埃《ほこり》はどこにある、はたきのどこが障子のどこへあたるのだ。それにあの音は何だ。学校には音楽の時間があるだろう、いい声で唄うばかりが能じゃない、いやな音を無くすことも大事なのだ。あんなにばたばたやって見ろ、意地の悪い姑《しゅうと》さんなら敵討がはじまったよって駈け出すかも知れない。はたきをかけるのに広告はいらない。物事は何でもいつの間にこのしごとができたかというように際立たないのがいい。」ことばは機嫌をとるような優しさと、毬《いが》のような痛さをまぜて、父の口を飛び出して来る。もともと感情の強い子なのである。このくらいあおられれば恐れ・まどいを集めて感情は反抗に燃える。意地悪親爺《おやじ》めと思っている。「ふむ、おこったな、できもしない癖におこるやつを慢心外道《げどう》という。」外道にならない前にあっさり教えてくれろと、不敵な不平が盛《も》りあがる。私ははたきを握りしめて、一しょう懸命に踏んばっている。「いいか、おれがやって見せるから見ていなさい。」房のさきは的確に障子の桟に触れて、軽快なリズミカルな音を立てた。何十年も前にしたであろう習練は、さすがであった。技法と道理の正しさは、まっ直に心に通じる大道であった。かなわなかった。感情の反撥はくすぶっていたが、従順ならざるを得ない。しかし、私の手に移るとはたきは障子の桟に触れず、紙にさわった。房のさきを使いたいと思うと力が余って、ぴしりぴしりという鋭敏過ぎる破壊的な音を立てる。わが手ながら勘の悪さにむしゃくしゃするところを、父は「お嬢さん痛いよう」とからかい、紙が泣いていると云った。私は障子に食いさがって何度も何度も戦った。もういいと云うのでやめたら、それでよしちゃいけないんだという。何でもおしりが肝腎なんだそうで、出入りのはげしい部屋は建具の親骨が閾《しきい》を擦《こす》る処に、きっと埃ごみを引きずっているから、ちょいと浮かせ加減にしてそこを払っとくもんだということである。襖《ふすま》にははたきを絶対にかけるなと教えられた。その頃うちは女中がいつかず頻繁に入れかわっていたが、その女中達の誰でもが必ずといっていい位、毎朝目の敵にして唐紙をぶっぱたく。そのくせ掃除のあとにはきまって、隅の二枚の引手にはきのうの通りに埃がたまってるのは実に妙なことだ。唐紙は毎日はたくほどな埃がたまるものでない、と云う。「しかし埃はたまる、たまるからその時は羽根の塵払《ちりはら》いをつかえ、羽根の無いときにはやつれ絹をつかえ、絹の無いときにはしら紙のはたきをつかえ、それも無いときにはむしろ埃のまんまで置いとけ」と云われ、唐紙というものはすごく大事な物なんだなあと驚嘆し、非常に深く記憶にのこっている。

箒も自分でして見せてくれた。持ちよう、使いよう、畳の目・縁《へり》、動作の遅速、息つくひまも無い細かさであった。「箒は筆と心得て、穂先が利くように使い馴らさなくてはいけない。風に吹かれたような癖がついている箒がぶらさがっていれば、その細君はあまい」と判定を下した。変な気がした。うちの箒はみんな風に吹かれてい、現にこの箒もきのう洗って形を直したのである。おとうさんうちのことを云ってるのか知らん。

掃き掃除は、とにもかくにも済んだのである。「十四にもなってから何《なんに》も知らないで世話がやけるようじゃ、水の掃除などはとてもとてものことだ。当分拭き掃除はお預けにする。梯子段《はしごだん》は一段一段あがらなくちゃならない、二段も三段も跨《また》ぐことは無理だ」ということであった。休講のベルである。子供心に大した稽古であったことを覚《さと》ってい、砕かれ謙遜になった心は素直に頭を下げさした。箒と平行にすわって、「ありがとうございました」と礼儀を取った。「よーし」と返事が来た。起って歩きかけると、「あとみよそわか。」？　とふりかえると、「女はごみっぽいもんだから、もういいと思ってからもう一度よく、呪文をとなえて見るんだ」と云った。「あとみよそわかあとみよそわか。」晴れ晴れと引きあげて台処へ来ると、葭簾《よしず》を透《とお》して流しもと深く日がさし込んでいる。板の間に腰をかけていると、弟が庭からやって来て簾越《すだれご》しに、「ねえさん」と声をかけ、大上段にふりかぶって、「小豆《あずき》ながみつ」と斬りおろすしぐさをする。川中島の合戦、兜《かぶと》まで斬られたろうとからかうのである。「軍配うちわだァ、負けるもんかァ」と私は躍り出して追っ駈ける。弟は畠へ陣を退《ひ》いた。

毎日きちんと、日課として掃除に精を出した。机の上のかたづけかたも習った。物を行儀に置くことも、行儀を外《はず》して置くこともできるようになった。自然、客のすわる処も茶碗の置き場も覚えた。はたきも箒も幾分進歩した。

それから十年、私は結婚して女の児を恵まれてい、二人の女中がいた。年弱の方をお初さんといって幸田家の近くに住む職人の娘、純粋な町っ子であり、この人のねえさんには始終著物《きもの》を縫ってもらっていたので、以前からの馴染であった。色白の丸ぽちゃの優しい子で、赤ん坊が好きなので自分から望んでお守り奉公に来てくれたのである。私はいとおしんでいた。生後八ヶ月、赤ん坊は突如腸重畳という病気に襲われて、からくも開腹手術によって危い生命をとりとめたが、どの先生から洩れたのか、誰から云い出したのかわからなかったが、この病気の原因としてどこでもよくする、高い高いという児童をあやすやりかたのことが話題になり、お守り役のお初さんは誘導訊問とも知らず、発病の日の朝幾度もその遊びをして、「お嬢ちゃまきゃっきゃっとお喜びになりました」と答えた。私は頑強にこの子を庇《かば》いきって手放さなかった。主人の母は、「一度躓《つまず》きのあった者はよした方がいい」としきりに疎《うと》んじたが、私はかえって仕立てて見たい欲望をもつようになって、或日から掃除教育をはじめたのである。

私のように勘が悪くても強情でも、心に痛い思いをしながらもどうやら覚えた。まして、この子のように素直な、しかも覚りの早い町っ子には、紙にしみる水のような移りの早さを期待したが、この子の素直さには物を受けとめる関が無かったし、移りの早さは上滑りをともなっていた。毎日はいはいとよく云うことを聞き、毎日同じ無理解を示した。唖然とし、二十六歳の若い私にはこのいい加減、中途半端が見のがせなかった。恥かしいが、私のことばも態度もこの子に対《むか》って荒れて行った。惨憺《さんたん》たる結果が来た。ひまを取りに来た兄は、一ト筆新聞へ投書すればと云い、私は思いがけない数々のいやなことばを浴びた。荷物を持って帰るお初さんは、なぜか下駄を履く時になって、「奥さま」と呼んで涙の目を振向け、私も本意無《ほいな》いおもいで別れた。主人の母は、「それ御覧」と云った。

お初さんの家では娘の帰って来たことを、どのように近処に話したか、うかがい知るに難くない。住いが近処なのであるから、じきに継母に伝わり、父に取りつがれ、私は呼び出された。せめて父にだけは知ってもらいたくて、かきロ説いていたが、ふと気づいて見ると父は聞いているのかいないのか、非常に澄んだ顔つきで瞑目している。私も黙った。「人の選みかたに粗忽《そこつ》があったな」とこちらを見、「わたしにはおまえがどういうようにやったかはっきりわかる」と云い、何とも云えぬ重い表情が掠《かす》め、それは私にも不安な思いを植えた。小言や教訓らしいことは一ト言も云われなかった、それもなにか落ちつかないことであった。一日二日と、父の重い表情をさぐって思案した。挙げ得ることは多かった、そのどれも多少は触れていると思えるが、そのどれもは私をうなずかせ満足させるわけに行かない。当時はこのいきさつのうち何よりも父の表情が私の上にのしかかっていて暗いおもいがしたが、あれから二十年、大抵なことは長いあいだに思い至るところのあるものだが、いまだに解に達していないけれども、今はこの表情を見たことをたからもののように思っている。理解を許さない顔をもっている父なんていうものは、いいなあ、実にいい親だ。お初さんももう三十幾つかになっているだろう、思い出すたびにさみしくはあるが、ほのぼのと懐かしい。それにしても並とか並外れとかは、いつまで私と道づれになっているんだろう。

父は水にはいろいろと関心を寄せていた。好きなのである。私は父の好きだったものと問われれば、躊躇《ちゅうちょ》なくその一ッを水と答えるつもりだ。大河の表面を走る水、中層を行く水、底を流れる水、の計数的な話などは凡そ理解から遠いものであったから、ただ妙な勉強をしているなと思うに過ぎなかった。が、時あって感情的な、詩的な水に寄せることばの奔出に会うならば、いかな鈍根も揺り動かされ押し流される。水にからむ小さい話のいくつかは実によかった。これらには、どこか生母の匂いがただよっていた。生母在世当時の大川端の話だったからである。簡単に筆記にしてシリーズのようにして残してくださいと頼むと、いつも「うん」と承知するが、その時になると、「まあ今日はよしとこう」と来る。翌日も押すと、「おまえは借金取りみたようなやつだ。攻めよせて来るとはけしからん」といって、ごまかされてしまう。借金取りと云われてはいささか気持がよくないから、これらの話は一ッだけしか残っていない。残ったのは「幻談」と私のあきらめばかりである。

「幻談」を遡《さかのぼ》る十何年、私の十八歳、十一月半ばと記憶するその時から、父の水の話に感嘆する心はぐっと深くなっている。私の生命にかかわったかも知れない一事件があった。学校の教科書にはポオの「渦巻《うずまき》」の抜萃《ばっすい》が載っている。辞引を引いたってどうしたって、まるで歯の立つ代物ではなかった。私はあぐねていた。そのとき父はお酒を飲んでいたのだが珍しいことに、「おまえどうしたんだ」と訊いてくれた。渡りに舟と飛び乗る。「うむ、あの話か。ちょいとお見せ」と眼鏡をかける。子供たちは父親の英語発音を尊敬していない。英国流でもなしアメリカ風でもない奇怪な発音であった。訳をしてくれたが、それがひどい逐字訳で、何の意味だかさっぱりわからない。本を見ないで聴いていると漢文のようである。「おまえがわかってもわからなくても、この本にはそう書いてある」というのだから閉口した。「おまえは渦巻を知らないからだめなのさ」と本を置いて眼鏡をはずすと、もうポオにあらざる親爺の渦巻に捲《ま》かれてしまい、訳読なんぞはどうにでもなれ、溜息《ためいき》の出るようなすてきな面白さであった。話を終らせたくなかった私は、質問をして次の話をたぐる。なにしろ酒の気があるところへ興を催しているのである。「渦は阿波の鳴門が引受けてるわけじゃない。おまえの毎日見ている大川にだっていくつ渦があるか。表面にあらわれるところは大したこともない渦が、水底には大きな力をもっているのがある。そういうのに藁《わら》しべを流して御覧、いかなる状態を出来《しゅったい》するか」と話をとぎらせておいて、じっと見つめられると、むかむかするような恐怖をもたされた。最後に、どうしてこういう渦から逃れるかが語られ、泳ぎができなくてもやれるというので、直沈流《ちょくちんりゅう》の私は一しょう懸命に聴いた。これで話が終れば無事であったが、その翌日、私はずぼんと隅田川へおっこったのである。

その日は朝しぐれの曇った日であった。吾妻橋の一銭蒸気発著所の浮きデッキと蒸気船の船尾との狭い三角形の間へ、学校帰りの包みやら蝙蝠《こうもり》やらを持ったまま乗ろうと、踏み出した足駄《あしだ》を滑らせて、どぶんときまったのである。眼を明けたら磨りガラスのような光のなかを無数の泡が、よじれながら昇って行くのが見えた。渦。咄嗟《とっさ》に足を縮めた。ずんと鈍い衝当りを感じるのを待つ必死さに恐れは無く、ぐゎんと蹴って伸びた。ぐぐぐっと浮きあがって、第一に聞えたのは、砂利でもこぼすような音だった。いまだに何の音だか腑に落ちないが、父は、「それが水の音さ」と云っていた。ついで遥か高い橋の上を人が走っているのが見える。「おっこった、おっこった、浮いた浮いた。」恥かしかった、あわてた。水はがばがばと口の中へ流れ込み、負けまいとしてもがき飲んだ。飲みつつ流れた。人も飛び込んでくれ救命具も投げ込まれたが届かず、一定の距りを置いて一緒に流れた。橋を越えれば永代《えいたい》へ通う別な蒸気船がとまっている。また渦か。恐れと同時に水は顔を浸した。夢中の鼻さきへきらりと光ったものが走って来、それは水棹《みさお》であった。竹か木か覚えていない。棹の先には研ぎすましたような三角形の金具がついていた。棹を手繰る老船頭は微笑し、若い舟子は艫《とも》の櫓《ろ》にいた。私は蝙蝠はいつか放してしまったが、教科書の包みはしっかりかかえていたので、先ずそれを放させ、両手を小縁《こべり》にかけさせた。機械体操のように両腕に力を入れても、からだは水の上に浮かず、小さいその舟は他愛なくゆらりゆらりとかしいだ。船頭は「ゆっくりゆっくり、やんわりやんわり」と云った。それでも私はあせった。袴は襞《ひだ》一杯に拡がり、すごい重さで水にくっついている。渾身の力を込めると、思いがけなくも足は舟底へ吸われ仰向けに倒れ、水はも一度額を濡らしたが、船頭は手を摑んでいた。日にやけたその顔が小縁に低く近々と寄って来た。しんから怖《こわ》く歯が鳴ったのを記憶する。あとはよくわからない。水のなかでぐるぐる廻されたようにも思う。はっとした時には、腰骨が砕けるように痛く舟縁をこすってい、上半身は水を逃れていた。袴腰は取られ、同時にはたき倒されて私は舟底にころげて起きられず、橋の上からはわっと歓声が挙った。

毎日通学する私の身許は知れていたから、電話がかけられ宿俥《やどぐるま》が迎えに来た。そのあいだの恥かしさ、なにしろ上から下まで何もかもぐっしょりである。素肌の上へ船員の金ボタンの外套を著せられ、裾からはみ出した肥った足には滑稽なことに、あの騒動の間中不思議にも離れなかった足駄を穿いているのである。火はどんどんと焚かれ、見物は追っ払われたが、顫《ふる》えはとまらなかった。俥の幌《ほろ》に囲まれてほっとし、髪の毛からつるりと襟にたれる水がはじめて寒かった。

玄関の外に待っていた父に、じっと見つめられ泣きたくなって、「御心配をかけました」と立ったまま云うと、はははと上機嫌で笑って、「水を飲んだろう。」「いいえ。」私はうそをついたのである。「馬鹿を云え、そんな筈あるもんか。指を突っ込んで吐いちまえ。」やむを得ない、そこへしゃがんだ。父は脊中から抱いて、みぞ落をこづき上げた。一時間ほど後れて帰って来た弟は、「ねえさん流れたんだってね、すげえ評判だぜ。オフェリヤだオフェリヤだ」とはやした。父は、「デッキか蒸気の底へへばりついたら今頃は面倒なことだったが、ポオ先生のおかげで助かったのさ」と云っていた。

　この事件後は溝に浮いて流れる菜っぱを見ても、ふっといやな気が起るほど水に恐怖をもったが、反対に父の水辺雑話を聴きたいと願う心は、明らかな水脈《みお》を引いて深くなっていた。春の夜潮《よじお》のふくらみ、秋のあらしに近い淵の淀みなどは、ただ一風景に過ぎないが、私は水の気を肌に感じて動かされた。河獺《かわうそ》の美人や岩魚《いわな》の坊主のような、ありふれた話もおもしろかった。まして枯れ葦を氷の閉じる星月夜の殺しなどは、すさまじかった。父逝いて百五十日、そういう話はみんな、ぽかっと私から抜けてしまった。きっと親爺と一緒に消えたんだろう。わずかに下村さんによって遺ったのは「幻談」であるが、私の忘れた話も幻《げん》にして現《げん》である。

トロッコ

芥川龍之介

■あくたがわ・りゅうのすけ　一八九二～一九二七
東京生まれ。主な作品『蜘蛛の糸』『羅生門』『侏儒の言葉』

初　出　『大観』一九二三年三月

初採録　「私たちの国語2上」（秀英出版、一九四九年）
「中等国語1上」（三省堂出版、一九四九年）
「中学国語1下」（大修館書店、一九四九年）

底　本　『蜘蛛の糸・杜子春・トロッコ』（岩波文庫、一九九〇年）

小田原熱海間に、軽便鉄道敷設の工事が始まったのは、良平の八つの年だった。良平は毎日村外れへ、その工事を見物に行った。工事を――といったところが、唯トロッコで土を運搬する――それが面白さに見に行ったのである。

トロッコの上には土工が二人、土を積んだ後《うしろ》に佇《たたず》んでいる。トロッコは山を下るのだから、人手を借りずに走って来る。煽るように車台が動いたり、土工の袢天《はんてん》の裾がひらついたり、細い線路がしなったり――良平はそんなけしきを眺めながら、土工になりたいと思う事がある。せめては一度でも土工と一しょに、トロッコへ乗りたいと思う事もある。トロッコは村外れの平地へ来ると、自然と其処《そこ》に止まってしまう。と同時に土工たちは、身軽にトロッコを飛び降りるが早いか、その線路の終点へ車の土をぶちまける。それから今度はトロッコを押し押し、もと来た山の方へ登り始める。良平はその時乗れないまでも、押す事さえ出来たらと思うのである。

或《ある》夕方、——それは二月の初旬だった。良平は二つ下の弟や、弟と同じ年の隣の子供と、トロッコの置いてある村外れへ行った。トロッコは泥だらけになったまま、薄明るい中に並んでいる。が、その外《ほか》は何処《どこ》を見ても、土工たちの姿は見えなかった。三人の子供は恐る恐る、一番端にあるトロッコを押した。トロッコは三人の力が揃うと、突然ごろりと車輪をまわした。良平はこの音にひやりとした。しかし二度目の車輪の音は、もう彼を驚かさなかった。ごろり、ごろり、——トロッコはそういう音と共に、三人の手に押されながら、そろそろ線路を登って行った。

その内にかれこれ十間《けん》ほど来ると、線路の勾配が急になり出した。トロッコも三人の力では、いくら押しても動かなくなった。どうかすれば車と一しょに、押し戻されそうにもなる事がある。良平はもう好《よ》いと思ったから、年下の二人に相図をした。

「さあ、乗ろう!」

彼らは一度に手をはなすと、トロッコの上へ飛び乗った。トロッコは最初徐《おもむ》ろに、それから見る見る勢《いきお》いよく、一息に線路を下り出した。その途端につき当りの風景は、忽《たちま》ち両側へ分かれるように、ずんずん目の前へ展開して来る。顔に当る薄暮の風、足の下に躍るトロッコの動揺、——良平は殆《ほと》ど有頂天になった。

しかしトロッコは二、三分の後《のち》、もうもとの終点に止まっていた。

「さあ、もう一度押すじゃあ。」

良平は年下の二人と一しょに、またトロッコを押し上げにかかった。が、まだ車輪も動かない内に、突然彼らの後《うしろ》には、誰かの足音が聞え出した。のみならずそれは聞え出したと思うと、急にこういう怒鳴り声に変った。

「この野郎！　誰に断ってトロに触った？」

其処には古い印袢天《しるしばんてん》に、季節外れの麦藁帽《むぎわらぼう》をかぶった、背の高い土工が佇んでいる。――そういう姿が目にはいった時、良平は年下の二人と一しょに、もう五、六間逃げ出していた。――それぎり良平は使《つかい》の帰りに、人気のない工事場のトロッコを見ても、二度と乗って見ようと思った事はない。唯その時の土工の姿は、今でも良平の頭の何処かに、はっきりした記憶を残している。薄明りの中に仄《ほの》めいた、小さい黄色い麦藁帽、――しかしその記憶さえも、年ごとに色彩は薄れるらしい。

その後《のち》十日余りたってから、良平はまたたった一人、午過《ひるす》ぎの工事場に佇みながら、トロッコの来るのを眺めていた。すると土を積んだトロッコの外に、枕木を積んだトロッコが一輛、これは本線になるはずの、太い線路を登って来た。このトロッコを押しているのは、二人とも若い男だった。良平は彼らを見た時から、何だか親しみやすいような気がした。「この人たちならば叱られない。」――彼はそう思いながら、トロッコの側へ駈けて行った。

「おじさん。押してやろうか？」

その中の一人、――縞《しま》のシャツを着ている男は、俯向《うつむ》きにトロッコを押したまま、思った通り快い返事をした。

「おお、押してくよう。」

良平は二人の間にはいると、力一杯押し始めた。

「われはなかなか力があるな。」

他《た》の一人、――耳に巻煙草を挟んだ男も、こう良平を褒めてくれた。

その内に線路の勾配は、だんだん楽になり始めた。「もう押さなくとも好《よ》い。」――良平は今にもいわれるかと内心気がかりでならなかった。が、若い二人の土工は、前よりも腰を起したぎり、黙黙と車を押し続けていた。良平はとうとうこらえ切れずに、怯《お》ず怯《お》ずこんな事を尋ねて見た。

「何時《いつ》までも押していて好《い》い？」

「好いとも。」

二人は同時に返事をした。良平は「優しい人たちだ」と思った。
五、六町余り押し続けたら、線路はもう一度急勾配になった。其処には両側の蜜柑畑に、黄色い実がいくつも日を受けている。
「登り路《みち》の方が好《い》い、何時までも押させてくれるから。」——良平はそんな事を考えながら、全身でトロッコを押すようにした。

蜜柑畑の間を登りつめると、急に線路は下りになった。縞のシャツを着ている男は、良平に「やい、乗れ」といった。良平は直《すぐ》に飛び乗った。トロッコは三人が乗り移ると同時に、蜜柑畑の匂《におい》を煽りながら、ひた辷《すべ》りに線路を走り出した。「押すよりも乗る方がずっと好い。」——良平は羽織に風を孕ませながら、当り前の事を考えた。「行きに押す所が多ければ、帰りにまた乗る所が多い。」——そうも考えたりした。

竹藪のある所へ来ると、トロッコは静かに走るのを止《や》めた。三人はまた前のように、重いトロッコを押し始めた。竹藪は何時か雑木林になった。爪先上りの所所には、赤錆の線路も見えないほど、落葉のたまっている場所もあった。その路をやっと登り切ったら、今度は高い崖の向うに、広広と薄ら寒い海が開けた。と同時に良平の頭には、余り遠く来過ぎた事が、急にはっきりと感じられた。

三人はまたトロッコへ乗った。車は海を右にしながら、雑木の枝の下を走って行った。しかし良平はさっきのように、面白い気もちにはなれなかった。「もう帰ってくれれば好い。」――彼はそうも念じて見た。が、行く所まで行きつかなければ、トロッコも彼らも帰れない事は、勿論彼にもわかり切っていた。

その次に車の止まったのは、切崩した山を背負っている、藁屋根の茶店の前だった。二人の土工はその店へはいると、乳吞子をおぶった上さんを相手に、悠悠と茶などを飲み始めた。良平は独りいらいらしながら、トロッコのまわりをまわって見た。トロッコには頑丈な車台の板に、跳ねかえった泥が乾いていた。

少時《しばらく》の後《のち》茶店を出て来しなに、巻煙草を耳に挟んだ男は、(その時はもう挟んでいなかったが)トロッコの側《そば》にいる良平に新聞紙《がみ》に包んだ駄菓子をくれた。良平は冷淡に「ありがとう」といった。が、直《すぐ》に冷淡にしては、相手にすまないと思い直した。彼はその冷淡さを取り繕《つくろ》うように、包み菓子の一つを口へ入れた。菓子には新聞紙にあったらしい、石油《せきゆう》の匂《におい》がしみついていた。

三人はトロッコを押しながら緩《ゆる》い傾斜を登って行った。良平は車に手をかけていても、心は外の事を考えていた。

その坂を向うへ下《お》り切ると、また同じような茶店があった。土工たちがその中へはいった後《あと》、良平はトロッコに腰をかけながら、帰る事ばかり気にしていた。茶店の前には花のさいた梅に、西日の光が消えかかっている。「もう日が暮れる。」――彼はそう考えると、ぼんやり腰かけてもいられなかった。トロッコの車輪を蹴って見たり、一人では動かないのを承知しながらうんうんそれを押して見たり、――そんな事に気もちを紛らせていた。

ところが土工たちは出て来ると、車の上の枕木に手をかけながら、無造作に彼にこういった。

「われはもう帰んな。おれたちは今日は向う泊りだから。」

「あんまり帰りが遅くなるとわれの家《うち》でも心配するずら。」

良平は一瞬間呆気にとられた。もうかれこれ暗くなる事、去年の暮母と岩村まで来たが、今日の途はその三、四倍ある事、それを今からたった一人、歩いて帰らなければならない事、――そういう事が一時にわかったのである。良平は殆ど泣きそうになった。が、泣いても仕方がないと思った。泣いている場合ではないとも思った。彼は若い二人の土工に、取って附けたような御時宜《おじぎ》をすると、どんどん線路伝いに走り出した。

良平は少時《しばらく》無我夢中に線路の側《そば》を走り続けた。その内に懐の菓子包みが、邪魔になる事に気がついたから、それを路側《みちばた》へ抛《ほ》り出すついでに、板草履も其処へ脱ぎ捨ててしまった。すると薄い足袋の裏へじかに小石が食いこんだが、足だけは遥かに軽くなった。彼は左に海を感じながら、急な坂路を駈け登った。時時涙がこみ上げて来ると、自然に顔が歪んで来る。――それは無理に我慢しても、鼻だけは絶えずくうくう鳴った。

竹藪の側を駈け抜けると、夕焼けのした日金山《ひがねやま》の空も、もう火照りが消えかかっていた。良平はいよいよ気が気でなかった。往きと返りと変るせいか、景色の違うのも不安だった。すると今度は着物までも、汗の濡れ通ったのが気になったから、やはり必死に駈け続けたなり、羽織を路側へ脱いで捨てた。

蜜柑畑へ来る頃には、あたりは暗くなる一方だった。「命さえ助かれば」――良平はそう思いながら、辷ってもつまずいても走って行った。

やっと遠い夕闇の中に、村外れの工事場が見えた時、良平は一思いに泣きたくなった。しかしその時もべそはかいたが、とうとう泣かずに駈け続けた。

彼の村へはいって見ると、もう両側の家家には、電燈の光がさし合っていた。良平はその電燈の光に、頭から汗の湯気の立つのが、彼自身にもはっきりわかった。井戸端に水を汲んでいる女衆や、畑から帰って来る男衆は、良平が喘《あえ》ぎ喘ぎ走るのを見ては、「おいどうしたね？」などと声をかけた。が、彼は無言のまま、雑貨屋だの床屋だの、明るい家《いえ》の前を走り過ぎた。

彼の家《うち》の門口へ駈けこんだ時、良平はとうとう大声に、わっと泣き出さずにはいられなかった。その泣き声は彼の周囲《まわり》へ、一時に父や母を集まらせた。殊に母は何とかいいながら、良平の体を抱えるようにした。が、良平は手足をもがきながら、啜《すす》り上げ啜り上げ泣き続けた。その声が余り激しかったせいか、近所の女衆も三、四人、薄暗い門口へ集って来た。父母《ちちはは》は勿論その人たちは、口口に彼の泣く訣《わけ》を尋ねた。しかし彼は何といわれても泣き立てるより外に仕方がなかった。あの遠い路を駈け通して来た、今までの心細さをふり返ると、いくら大声に泣き続けても、足りない気もちに迫られながら、…………

良平は二十六の年、妻子と一しょに東京へ出て来た。今では或雑誌社の二階に、校正の朱筆《しゅふで》を握っている。が、彼はどうかすると、全然何の理由もないのに、その時の彼を思い出す事がある。全然何の理由もないのに？——塵労《じんろう》に疲れた彼の前には今でもやはりその時のように、薄暗い藪や坂のある路が、細細と一すじ断続している。……………

——大正九年十二月——

尋三《じんさん》の春

木山捷平

■きやま・しょうへい　一九〇四〜六八
岡山県生まれ。主な作品『耳学問』『大陸の細道』
初　出　『早稲田文学』一九三五年八月号
初採録　「新訂新しい国語２」（東京書籍、一九七五年）
底　本　『木山捷平全集』第一巻（講談社、一九七八年）

私は尋常六年を卒業すると、高等科にも上げてもらえないで、すぐ百姓にさせられてしまったが、六年の間に五人の先生に教えてもらった。大倉先生はその中の一人である。

そうだ、あれは明治四十五年のことであるから、もう二十何年も昔のことだ。二年生から三年生になる時の私の通信簿は、唱歌と図画と体操と操行が乙で残りはみんな丙であった。親父が受持の先生に呼出されて、落第にしようかどうしようかと威《おど》かされた。親父は繰返し繰返し頭を下げた。それで私は三年生になれることになったのであるが、そのかわり、一日中納屋におし込められてひどい目にあわねばならなかった。日がもうとっぷり暮れてから、親父は扉の外に立って言ったものだ。

「市太め、これから親に恥をかかせんように、勉強するかせんか」

私は中から哀願した。

「する、する、ぜっぴするけん、出してお呉れ」

後年田の水の喧嘩のことで、私は不覚にも相手を殴って、暗い所にぶち込まれたことがあるが、その時ひょっくり、納屋の中の自分と親父の姿を思い出し、世の中というものは、当て嵌《は》めて考えれば、何でも当て嵌めて考えられるものだ、とおもったことがある。

それは余談で、兎も角も三年生になれた私は、新しい教科書を買って貰って登校した。雲雀《ひばり》は空で鳴いているし、桃の蕾《つぼみ》は岡の畑でふくらんでいるし、私の心はぴちぴち跳ねていた。その上、学校では二年生の時の受持串本先生が転任になり、新しい先生が来るという噂が拡がっていた。始業式がはじまって見ると、やはりそれは本当であった。串本先生の告別の辞が終ると、校長が新しい先生を紹介した。詰襟服の毬栗《いがぐり》頭の新しい先生は、号令台の上に飛び上って挨拶をはじめた。

「僕が只今紹介されました大倉です。苗字は大倉ですが、家には大きい倉も小さい倉もありはしません。小さな木小屋のような藁屋《わらや》があるきりです。家が貧乏だったもんで、麦飯ばかり食って大きくなり、師範学校へ行ったんです。この間学校を出たばかりで、年は二十二で家内はありません。どうぞ皆さん仲よくして下さい」

と、これだけ言うとぴょこんと頭を下げて号令台を飛び降りた。生徒達の間から一度にどっとどよめきが起った。私達はこんな新任の挨拶は初めてだったからである。生徒達は互いに顔を見合わしてびっくりし、ひそかにこの若い先生に親愛を感じた。しかも先生は、私ども尋常三年生の受持になって貰うことにすると、校長が言い添えたのである。式がすむと私達は運動場の一隅に輪を描いて言い合った。

「今度の先生はきっと面白えど」

「面白えけえど怒る時には怒るかも知れんど」

「じゃけんど、怒る先生の方がええ先生じゃど」

「罰掃除をさせるじゃろうか。わしゃ、罰掃除は嫌いじゃど」

「わしゃ、贔屓《ひいき》の方がもっと嫌いじゃ。今度の先生は贔屓はせんと思うど」

運動場の向うの隅に陣取っている高等科の女生徒も、どうやらこの若い先生の噂を喋《しゃべ》っていたらしく、中の一人が甲高い声でやけくそに大きく、「年は二十二で家内はありません」と叫ぶと、どっと一度に歓呼の声が空高く舞い上った。

大倉先生の授業がはじまって間もない日のことであった。私は今年こそ納屋に入れられぬように勉強しようと決心していた。けれども、もちろん、学校から帰ると晩までは小さい妹を背負い、時には大きい妹の手までひいて子守をしなければならないし、夜は夜で薄暗いカンテラの明りで紙袋貼りなどしなければならなかったので、家で復習予習などすることは出来なかった。教室で精一杯に緊張するより外なかったのである。私は何より横見をしてはならぬと自ら戒めて、一所懸命に前を向いていることにした。

或る日、それは筆筒も鉛筆も机の上に出していなかったから多分修身の時間であったろう。私は先生の話をきいていると、窓の外の桜の花がひらひらと風に吹かれて本の上に落ちて来た。掌《てのひら》でそっとはらいのけても、桜の花びらは又ひらひらと机の上に舞い落ちて来た。私はこれは勉強の邪魔になる、と思った。一年生と二年生との時にそういう躾《しつけ》をされていたのである。教室のいちばん南側にいた私は、立ち上って硝《ガラ》子《ス》窓をがらりと閉めてしまった。すると大倉先生は喋っていた話をやめて、

「おい、おい、開けといても、かまやせんじゃないか。花見をしいしい勉強するのも面白えじゃないか」

と、私の方を見い見い笑った。私は耳の根まで真赧《まっか》になって、閉めた窓を開け直した。あれは、今思い出しても昨日のことのように頬がほてる。

これより、多分一週間か十日後のことであった。読方で私達は「私の家」という課を習っている時、先生は次のような質問をした。

「皆んな、自分のことを自分で言う言葉にはどんなのがあるか、知っとるだけ考えて見い」

生徒は首を左右に振ったり、俯向《うつむ》いたりして、考えると、我れ先に湧きかえるように手を挙げた。「先生！」「先生！」「先生！」

次々に指名が行われた。

「はい、じぶんと言います」

「はい、わたしと言います」

「はい、わたくしと言います」

「はい、わがはいと言います」

「はい、われと言います」

「はい、ぼくと言います」

先生はそれらを一つ一つ白墨で大きく黒板に板書した。私も手を上げていたのであるが、一度も指名にあずからず、内心くやしくてならなかった。教室はもとの静けさに帰って、もう誰の手も挙がらなかった。

「もう外にないかな」

大倉先生はあらためて教室をぐるりと見廻した。私はその途端、いきなり右手を高くさし挙げた。

「あります。先生！」

心臓がとんとんと波打った。五十人の級友の瞳がいっせいに私の上に注がれた。先生は静かに、

「須藤市太！」と、私を指名した。私は息をはずませて立上った。

「はい、おらとも言います」

大きく、はっきりと答えて着席すると、級友たちの爆笑が教室中に渦を巻いた。私はその嘲笑に似た渦巻の中で、はじめて自分のへまを感じた。が、一度口から出た言葉は取返す術《すべ》もない。私は又赧《あか》くなって俯向いていると、その時いきなり立ち上って抗議を申し込んだ生徒がある。

「先生、おらと言うのは下品な言葉です。そんな言葉を使っちゃいけんと、串本先生が言われました」

見ると、それは山本医院の二番息子の山本春美であった。山本医院は村一番の分限《ぶげん》者《しゃ》で、春美は二年生の時までは級長をしていたが、三年生になってからは副級長にもして貰えず、平の生徒になっていた。多分大倉先生が贔屓をしなかったためであったろう。少なくとも私達生徒仲間ではそういう風評であった。級長の職権をかさにきて生徒の並び方が悪いと言って編上靴で（春美は学校中でただ一人靴をはいていた）私達の素足を蹴って歩かないだけでも、皆がどんなに嬉しかったか知れない。

　ところで、大倉先生は春美の抗議には何の返事も与えず、素知らぬ顔で黒板の続きに一際《ひときわ》大きくおらと書き添えた。すると、春美はもう一度立って青い顔のうすい唇を前に突き出して言った。

「先生！　おらと言ってはいけんのじゃないのですか」

　その語調は、自分の意見を大倉先生にまで強いようとするかのように聞えた。先生は暫《しばら》く黙ったまま、じっと春美の顔を見据えていたが、

「使っちゃよいか悪いか、そんなことを今しらべとるのじゃない」

　小さくはあるが底力のある声で答えて、分厚な唇をぎゅっとひきしめた。教室がしんと静まって咳一つ出なかった。たわいのないもので、全く人間という奴はたわいの

ないもので、さっきまで私を嘲笑していた五十人の級友は、ことごとく私の味方になったかの如く思われた。その豹変《ひょうへん》ぶりに私はかえって憎らしさをさえ感じた。

そのうち四月が過ぎて五月になり、一年一度の遠足の日が来た。三年生の遠足は毎年笠岡《かさおか》にきまっていた。笠岡というのは村から二里ばかりの内海に面した小さな城下町である。今でこそ米を売りに行ったり、肥料や日用品を買いに行ったり、つい隣のように思っているが、私はその年になるまで町を知らなかった。今では軽便鉄道も出来たし、自転車という便利なものも普及したからそんなことはないが、その頃の私達には一つの夢の国であったと言っても過言でない。けれども私は遠足の朝、親父から五銭白銅一つしか貰えなかった。それは如何にも残念でたまらなかったので、

「三造さん等あ、十五銭も貰う言うとった」

と友達を引合いに出して見たが、親父はとり合ってくれなかった。

「ぬかすな。三造さんの所あ、分限者じゃないか。その割ならお前にゃ一銭か五厘しかやれんのじゃど」

どう返事をしてよいやら困っていると、母親が古簞笥の抽斗《ひきだし》をかき廻して、赤銅貨を五つ、そっと私の掌にのせてくれた。

私達は一張羅《いっちょうら》の着物の上に握飯の弁当を背負い、紙緒の藁草履《わらぞうり》をはいて、朝早く大倉先生に連れられて学校を出発した。たんぽぽの咲いた県道を白い埃《ほこり》にまみれながら笠岡に着いたのは昼前頃であった。先生は所々で私達を道の傍に佇立《ちょりつ》させて、「あれが商業学校」「あれが郡役所」「これは裁判所といって悪いことをした者を裁判する所」と説明したが、私達はそれよりも初めて見る町の店の軒先の品物や広告などを右顧左眄《うこさべん》しながら歩いた。物珍しいものがどの店の先にもずらりと並んでいた。店と店との路地の間からは紫色の煙と一緒に、肉や魚を煮る香があちらからもこちらからも匂って来るので、町にはこんなにも分限者ばかり沢山《たくさん》住んでいるのかといぶかりながら歩いた。それは私ばかりでなく、村育ちの素朴な嗅覚をひどく誘惑したらしく、列の最後の方にいた誰かが大声をはり上げて叫んだ。

「先生！　まだ弁当は食わんのですか」

先生はふりかえって、軽くたしなめるように言った。

「うん、よし、ちょっと待て。城山へ上って海を見い見い食おう」

町を横切ると、私達の前に小高い岡が蹲《うずくま》っていた。それが城山であった。古い磯馴松《そなれまつ》の間をくぐりながら、うねうねと曲った、赤土道を私達は登って行った。丁度坂の中ほどまでのぼった時、万歳！　万歳！　という歓呼の声が舞い上った。松の木の間から、五月の空の下に遠くひろがった紺碧《こんぺき》の海が見え出したのである。私はこの時、生れてはじめて海を見た。大きいのにびっくりした。じっと見ていると、今にも跳び込んでしまいたいような衝動にかられた。振返って見ると、今通って来た町の、郡役所も裁判所も何処にあるのか見分けもつかず、町の黒い屋根がごたごた並んでいるのがむしろ可笑《おか》しかった。少し高い所へ上って見ると、大きな建物だって小さく見えるのである。私達は声を張上げて、万歳！　万歳！　と咽喉《のど》のつぶれてしまうまで絶叫した。

すると、大倉先生はみんなに言ってきかせた。

「この海はな、瀬戸内海と言うて日本で一番小さい海なんじゃ。まあ一口に言や、海の子供じゃ。太平洋というのや、印度洋というのは、この何千倍何万倍あるか分らん程じゃ」

私達はもう一度びっくりして、先生に思い思いの奇問を発した。

「そんなら先生、その大きな印度洋と富士山とはどっちが大けえですか？」

「日本とはどっちが大けえですか？」

「ロシャとはどっちが大けえですか?」

「そんならその海には鯨は何万疋おるんですか?」

それで私も知恵をしぼってきいて見た。

「そんなら先生、そんな大けな海は誰のもんなんですか?」

すると先生は答えた。

「もう、そんなに仰山《ぎょうさん》きくな! 先生だちうて、そんな六《むっ》カ敷《し》いことは分らんがな」

そう言いながら先生は、私の頭を掌でつかんで左右にゆすぶった。私は幼い時から父母に、あの畑は何某のもの、あの田は何某のもの、と言いきかされていたので、ついそんな質問をしたのに違いない。

城山の頂上まで登りきると、そこの広場で海を見ながら背中の握飯を開いた。山本医院の春美だけが一人巻鮨《まきずし》を持って来ているのが人目をひいた。大倉先生は矢張り握飯で、私達と一緒に並んで頬張りはじめた。見ると、先生はおかずに目刺を持って来ていた。私達の大半は梅干や沢庵であったが、そこは何と言っても先生だけのことはあると、私は考えた。ところが、先生はねちねち噛んで食べるので、いちばん最後になってようやく食べ終った。食べ終ると食い残した目刺の頭を、くるくるっと新聞紙

にまるめてポケットにおし込んだ。間髪《かんはつ》をいれず、

「先生、それ芥溜場《ごみためば》に捨てて来てあげましょうか」

と、山本春美が気をきかした。すると先生は、にっこりと笑って、答えた。

「いいや、ええ。これはな、先生の家にひよこを飼うとるけん、往《い》んでからひよこにやるんじゃ」

食事が終ると自由時間が与えられた。五十人の生徒は、広場の一隅にたっている三、四軒の物売り茶屋になだれをうっておし寄せた。あれほど今まで感嘆した海も、物売り茶屋ほどの魅力を集中しつづけることは困難だったのである。

「小母さん、飴玉を三銭！」

「わしにゃ、ぱちんこを一銭！」

「小母さん、わしにゃ、牛蒡菓子《ごぼうがし》を二銭！」

山本春美などは煉羊羹《ねりようかん》のようなものを買って、仲のよいものや力の強そうなものに分配した。すると平生は悪口を言っている癖に、お世辞を言って春美に近づくものもあった。お世辞というものは言われてみると嬉しいものと見えて、春美は一様にころよく分けていた。私はそれをよそ目に、懐ろから汗ばんだ銅貨をとり出すと、みん

なにならって飴玉を二銭買った。それをねぶりねぶり次の店に入って煙硝紙を一銭買った。しかし何より私は咽喉が渇《かわ》いていた。三軒目の店先に立つと、たまりかねて、

「小母さん、その蜜柑水《みかんすい》はなんぼ？」

と、御歯黒の小母さんに訊いた。

「蜜柑水は三銭」

返事をきくが早いか、私は早速蜜柑水を注文した。銭と引換に、その薄緑色の細長い罎のコルク栓を抜くと、甘い香りが臓の腑までしみ透るように鼻をついた。顔を仰向け、罎の口を自分の口におしあてると、白い泡が罎の底に舞い上り、私は咽喉仏を鳴らして、ごくりごくりと一気に飲みほした。「ああ、うま！」思わず声が出た。実際私はこんなにうまいものを嘗《かつ》て飲んだことがなかったのである。その途端、ふと、「兄さん、笠岡へいったら、土産を買うて来てなあ」とその朝家の前の道まで私を送って出て、そう頼んだ妹の顔が私の目に浮んだ。私はしばらく考えていたが、

「小母さん、蜜柑水は罎ごとでも売ってくれるかな？」と小声で訊いて見た。

「ええと、罎ごと？　そうじゃな、罎ごとなら、四銭」

小母さんは胸と相談しながら答えた。四銭！　私の心はおののいた。こんなおいし

い飲物は家の者は誰もまだ知らないだろう。それを買ってかえって皆んなに味を知らせてやろう。妹のうれしそうな顔がちらちらと目の前で笑った。懐ろをさぐるまでもなく、小遣はあと四銭だけ残っていた。私はその全部を投じて一本の蜜柑水を受取ると、ひとり松林の中に駆け込み、急いで空になった弁当風呂敷に包み込んだ。松の葉ごしに見える瀬戸内海が今は蜜柑水色に輝いていた。

やがて私達は帰途についた。行きにくらべてみんな元気がなかった。一人おくれ、三人おくれ、自然隊伍も乱れた。追分のだらだら峠まで帰った時、

「こら、お前は弁当を食い残しとるな」

突然声をかけられたので振返ると、大倉先生が口をまげて笑っていた。

「いいえ」

「そんなら、これは何じゃ」

先生は私の背負っている風呂敷包みをぽんと掌で叩いた。咄嗟《とっさ》のことに私は返事に困って、胸をどぎまぎさしていると近くにいた誰かが、「先生、あれ、市やん、蜜柑水買うて来よるんです」といらぬ説明をした。私は思わずさっと頬がほてり上ったが、先生はそのままさっさと大股に私達を追い越した。

途中何べんも休んで、疲れて家に帰りついたのはもう晩方であった。私の帰宅を待ちわびて、妹は待っていた。家に入ると、内心得意になった私は、風呂敷包みを座敷の上にころりと放り投げて、

「ほら！　土産じゃど！」と、叫んだ。

妹と母親がいざり寄って来て包みを解くと、中から蜜柑水の壜がころげ出た。すると、土間で縄をなっていた親父がいきなり声をかけた。

「何じゃ、そりゃ？」

私は答えた。

「蜜柑水じゃ！」

そして、自慢そうに親父の顔をながめた。ところが、親父の唇は見る見るうちに歪んで来た。

「蜜柑水じゃ？　そがんなもん、貧乏人が買うもんと違うじゃなえか？　――戻して来い。――そがんな心掛じゃけん、学校で丙ばあ取るんじゃ！」

怒気を含んだ罵声がおそいかかって来た。全くそれは予期しないことであった。親父にはそれが葡萄酒かシャンペンかのようにひどく贅沢なものに思われたのであろう。

母親のとりなしでやっとその場は救われたけれど私はかなしかった。父親の顔を盗み見しいしい、私の買って来た蜜柑水を茶碗についで飲む二人の妹の姿を、私は、ぼんやり眺めていた。

それでそんな工合に、たのしんで待った遠足もすんでしまうと、もうこれという楽しみもなくなってしまった。が、私はいきいきと学校に通った。大倉先生の授業は屈託がなくて肩が張らないので、生れつき学問嫌いの私も学校に行き甲斐を感じていたからである。第一、これまで発言すれば否定されるにきまっていた私の答えも、おらのように取上げられるのが何よりうれしかった。私は学校から帰って妹二人の子守をしながらも、修身でならった二宮金次郎のように懐ろに本を入れて、野山をあるきながら時々出しては拡げて見たりした。

村一面の麦の穂が黄色く色づいた雨上りの或る日、小さい妹を背負った私は裏の山にのぼって行った。山の雑木林の中で白い梔子《くちなし》の花が匂っていた。私はその上手《かみて》の雨に洗われた石ころの谷から水晶をほり出そうと思ったのである。棒切れで掻き分け掻き分けさがしていると、ようやく豆粒ほどの、しかし透きとおった六角水晶が出て来た。私はそれを大事そうに本の間にはさみ込み、胸をおどらせながらもっと大きいのを見つけようと次の谷に向った。妹は何時の間にか背中で居睡りをはじめていたので、首がぐらぐら動いて歩きにくかったが、勇んだ私はかまわずとっとと小走りに駆けた。ところが途中で、私はつい赤土に足をすべらせてころんでしまった。あっと撥ね起きて見ると、長い尾をひいて山一杯に泣き入っている妹の泣声が背中から聞えた。私はおおお、おおお、と夢中にあやした。

「おおお、おおお、泣くな、おおお」

間もなく妹は泣き止んだが、今度は、「たアい」「たアい」と訴えるので、私は帯をほどいて土の上におろして見た。妹が小さい手でおさえている顔の真中に、爪でひっかいたほどの傷が出来ていた。少し血がにじんでいるので、私は思いついて山畑の方に出て、蛭草《ひるぐさ》（蛭に吸われた時その葉を貼りおくとたちまち癒《い》ゆという草）をさがした。やっと草を見つけると、その青い葉を唾でぬらして、妹の額にはってやった。

夕方、私は裏口から家にかえると、母親は夕飯の雑炊《ぞうすい》を焚いていた。土くどの上の羽釜《はがま》からぶつぶつと菜っぱくさい泡がふき出ていた。私も妹ももう傷なんかのことは忘れていたが、仰々しい妹の額の蛭草を見つけて母親が叫んだ。

「おや！　どしたんじゃ！」

私はつい辷《すべ》ってころんだのだ、と気にもとめず答えた。母親は私の背から妹を受取り、蛭草の葉をはいで見ていたが、「大した傷じゃないけんど、でも、額の傷は一寸《ちょっと》したんでも、あとが残るんでのう」と眉をひそめた。そう言われて見ると、私も気にかかり出したが、今更どうにもならんことなので黙ってそこにつったっていた。座敷で遊んでいた大きい妹も何時の間にかやって来て、だまって母親の顔と私の顔をかわるがわる眺めた。そこへ折悪しく表口から親父が外から帰って来た。母親は妹の傷を親父の目の前につき出し、この傷は残るだろうか、残らんだろうか、女の子だから気になると自分の心配を親父に分けてしまった。親父はじっとそれを見つめていたが、やがて口を開いた。

「何の傷じゃ」

母親は私が説明したとおりを掻いつまんで話すと、親父は今度は私に向って、もう一度訊ねた。

「何の傷じゃい？」

しかし、何の傷かくわしいことは私にも分らぬので、まごまごしていると、

「ええ？　それが分らんのか？　まぬけ野郎！」

大きな掌が私の頭にとんで来た。

「学校へ行きゃ勉強もしやせん！　子守をさせりゃ子守も出来やせん！」

罵声と一緒に私の頭は大きな音をたててぺちゃぺちゃ鳴った。私は頭を両手で抱えてふらふらと其処にしゃがむと、声をそろえて泣く二人の妹の声と、それを宥《なだ》める母親の声とが、入乱《いりみだ》れて聞えた。

それから二、三日後、午後の教室の窓に桜の青葉がさあさあ風に鳴っていた。私達の授業は図画がはじまり、大倉先生は私達にこの時間は人の顔を描けと命じた。先生の顔でも、友達の顔でも、家の人の顔でも、誰のでもよいと言うのである。級のものの大半は先生の顔を写生するのだと、先生を教壇の上に釘付にした。中には友達同士向き合って写生し合っているものもあった。が、私は小さい妹の顔を描こうと思いついた。と言うよりも、この二、三日、私の頭には元どおりになおるかなおらぬか分らぬという、妹の額の傷がこびりついて離れないでいた。画用紙を机の上に拡げると、先ず胸の中に妹の顔を思い浮べ、鉛筆で先ずその輪郭《りんかく》をとりはじめた。消ゴムで消したり直したり、長い間かかってやっと輪郭が終ると、私はほんのちょっぴりこわごわと額に傷の線を引いた。そしてしばらく画用紙を眺めていたが、どうも何だか物足りない。自分の気持とぴったりしないのである。私は思案の末、傷の線の上に蛭草の葉を描き添えた。それから色にとりかかった。私は筆筒から色鉛筆をとり出すと、頬は黄色く髪の毛は黒く塗っていった。蛭草の葉は青にし、又しばらく思案してその傍に大袈裟《おおげさ》ではあるが、赤い血を少しにじませた。——と、こう言えば相当うまく描いたようであるが、色がちぐはぐになったり、手垢がついたり、よごれた絵になってしまった。もう一度描きかえたいほどであったが終業の鐘が鳴ってしまったので、皆んなの尻について先生の教卓に持って行くと、先生がたずねた。

「こりゃ、誰だかな？」

「小さい方の妹です」

「この、ここは、どうしたんじゃ？」

「そりゃ、怪我をしたところです」

私は下手な絵を笑われているようで、急いで机に戻ると、周章《あわ》てて道具をしまって教室を出た。

ところが、翌朝学校へ行って見ると、私の図画は他の四、五人のものと一緒に甲上がついて教室の後ろの壁に貼り出されていた。私はそれまでに図画も書方も甲上を貰ったことはただの一度もない。まして張り出しなどになったことは夢にさえない。私は全く夢のような心地で、みんなに交じって胸をどきどきさせながら妹の絵を見上げていた。みんなはあの絵を見たりこの絵を見たり、うまいなあ、上手だなあ、と感嘆していた。私の顔をみつけると、とくに私の絵を指さして感心して見せる生徒もいた。(生徒というものは貼り出しになった絵は大抵無条件に賞《ほ》めそやすものである)私はてれて皆んなの後ろに肩をちぢめていた。と、だしぬけに、

「あんなもん、何じゃい！　人間の顔と違うがな！」

と、わめく声が後ろから聞えた。私はどの絵のことだろうかと、貼られた図画を見なおしていると、

「角が生えた牛じゃがな！　ちえっ！」

その声は人込みをわけて壁の根にとび出すが早いか、跳び上るようにして大きな拳骨を張り出しの上にぴしゃりと叩きつけた。あっともう間もなく、私の小さい妹の顔は半分にちぎれて斜めにぶらさがった。

「あッ！　らあッ！」

と、思わず発するおどろきの声が皆んなの口から吐き出された。そして二十秒か、

三十秒たった。

「誰じゃい？　やっつけ、やっつけ！」

中の一人が叫ぶと、山本春美の頭が皆んなの間をくぐって、扉口の方に逃げようとするのを私は見つけた。「やっつけ！　やっつけ！」つづいて叫ぶ皆んなの怒声の中で、私は自分の妹の顔を半分に裂かれた忿怒《ふんぬ》がむらむらと湧き上った。私は、思わず机の蓋《ふた》をつかむと、無我夢中で扉口に逃げた春美を追って駆け出した。

その日の放課後、私と春美とは教員室の隅に佇《た》たされていた。上級の生徒が時々用事で室に入って来ては、横目でちらっと笑って出て行った。私の隣の春美は、私が机の蓋で力まかせに殴りつけた後頭部の瘤《こぶ》を、わざと痛そうに大げさにさすっていた。自分の罪をいくらかでも軽くしようという魂胆であったろう。けれど私は何より大倉先生に叱られるそのことがつらい思いであった。先生は机にもたれて黙ったまま何か仕事をしていた。そんなに長い時間ではなかったのだが、私には非常に長く思われた。

やがて、先生は頤《あご》で二人を招いた。二人は並んで先生の机の前に立った。私は今にも目まいがしそうで、ぐっと二本の足に力を入れてふん張った。と先生は、

「どうじゃ、早う帰りたいじゃろう？」と笑いながら言った。

「はい」二人はうなずいた。

「もう言うことはない。今日の一時間目に皆の前で話した通りじゃ」

「…………」

「覚えとるか？」

「はい」

「そんなら、あれ以上言うことはない。帰れ！」

二人は呆気にとられてぺこんとお辞儀をすると、羅紗《ラシャ》の洋服くさい教員室をとび出した。教員室を出ると、春美はもう一度後頭部の瘤を大げさにさすりながら、

「ちえッ！」

と舌打して、憎々しげに私をにらみつけた。

そうして何時しか村の田植もすむと、授業は短縮になり、一学期のおしまいの日が来た。五十人の生徒は一人一人教卓に呼び出されて通信簿を貰った。私は胸の動悸をおさえながら、自分の机の下でそっと拡げて見た。と、あの時以来気になってならないでいた操行が、はっきり甲と読めるではないか。図画も甲である。他の学科はみな乙で算術だけが丙であった。しかし、私のうれしさは並大抵ではなかった。ひょっと

したら大倉先生は私に贔屓をしたのではあるまいかとさえ疑った。通信簿を交換して見せ合おうという友達もあったが、私はそれを拒んで、急いで風呂敷にまるめて包み込んだ。親父に納屋の中へぶち込まれる心配も消えた。二学期になったら、もっと立派な成績をとろうと決心したことは無論である。

ところで、長い夏休みが果てて九月が来た。九月一日、私達が校庭の桜の木影にうずくまって、二学期の始業式のはじまるのを待っていると、向うから山本春美が駆けて来て、したりげな顔で叫んだ。

「みんな、知っとるか。大倉先生はこの学校を退《ど》かれるんだど」

皆んなはびっくりして砂の上から腰を上げて思い思いに反問した。

「ええ？」

「ほんまか？」

「嘘つけ！」

しかし春美は唇を尖らせ、自信ありげに言うのであった。

「嘘であるかい。嘘だと思うんなら千円のカケをしよう。ゆんべ、うちのお父さんがお母さんに話しとられたんだ」

「ほんとか？」

「ほんとじゃ。それ、僕等が笠岡へ遠足した時、海の向うの方に小さな島があったろうが。あそこへ島流しになるんじゃ！」

けれども、まだ半信半疑でいる私達の耳に鐘が鳴りひびいて、二学期の始業式が運動場ではじまった。式が終ると、校長はあらためてもう一度号令台の上にのぼり、この度都合により大倉先生は北木島へ御転任になられることになったと宣告した。春美の言ったことが本当なのであった。校長につづいて大倉先生は静かに号令台にのぼって、丁寧にお辞儀をされた。全校生徒の眼がしんと先生の上にいっせいに注がれた。

「皆さん、私は、今日、お別れにのぞんで、言いたいことが、山ほどありますが、胸がつかえて、何も言えません。何にも言えませんから、そのかわり、一つ歌をうたって、お別れの言葉にかえます」

と、先生は、一語、一語、力をこめて言い終ると、

　　帽子片手に皆さんさらば
　ながのお世話になりました

私ゃこれから北木へ行くが
受けた御恩は忘りゃせぬ
…………………………

と、当時はやっていた何かの流行歌を改作して歌いはじめた。調子はずれの、日本中をさがしてもこんなまずい歌はないような下手な節廻しであった。が、先生の真剣な歌いぶりは生徒達の失笑をくいとめ、何故か胸をひきしめた。気がついて見ると、先生は本当に片手に古びた麦藁帽子をぶらさげて力一杯声をはりあげているのであった。

黒い御飯

永井龍男

■ながい・たつお　一九〇四〜九〇
東京生まれ。主な作品『青梅雨』『一個・秋その他』
初出　『文藝春秋』一九二三年七月号
初採録　「国語1」（筑摩書房、一九六五年）
底本　『永井龍男全集』第一巻（講談社、一九八一年）

小学校も卒《お》える事が出来ずに、小さい時から工場通いを仕続けてきた兄が、工場の帰りにカバンを買って来てくれた。A社の給仕に出ている二番目の兄がそれへ名前を書いてくれる。

そうして明治何年かの四月一日、母はいそいそした私の手を引いて小学校の門をくぐった。私はきっと、次兄の着古した紺飛白《こんがすり》の縫い直したのを着、新しいごわごわの袴と、新しいカバンと新しいぴかぴかする帽子をかぶって、然し、傍の者から見た私の姿は、袴《はかま》にはかれ、帽子にかぶられ、カバンに下げられていたに違いない。きっとその日は好い天気であったろう。

父は体が弱かった。八、九年も、同じ印刷所の校正係をつとめていた。その間に、他の仲間達はどんどん好い位置を占め、社も発展して行った。しかし父はいつもガラス戸のはまった寒い、暑い校正室の中で、赤い筆を持っていた。

——私はよくそこへ、夜業のある時などにお弁当を届けに行った。蚊をつぶした新聞紙のようになった、校正刷りが沢山《たくさん》あって、印刷所特有の、鉛や、紙や、インキの湿った臭いが、薄暗くなった狭い室の間にただよっていた。

明り取りのすりガラスが鉛色に明るく、夕暮のもつ蒼さに透いて、やせた父の頭の上に四角くあった。

「とうさん、ほんの一寸しか箸をつけなかったんだが、お前たべないか」

或る時（あるいは二、三度ばかり）父はそう云って、昼に弁当屋からとった弁当の残りを差し出したことがあった。平生私は、父をけちんぼだと思っていた。父がけちんぼなのを考えると悲しくなることもあった。薄暗くなった室の内で父の視線と私の顔が合った時、私はそれをよけて不機嫌に云った。

「たべない」

私は憂鬱になった。どうしてこんなことをする父であろう。残ったものなんか、さっさとやって了《しま》えばよいのに。私は横町の家へ帰ってからも、つまらなかった。

家からその印刷所へ行く迄の十五分ばかりの道に、そこには活動写真などもあるのだが、五日おきに縁日がたった。恰度《ちょうど》、お弁当を持って行く日が縁日であったことがある。縁日には、近所の子供達が申し合せたように、二銭ずつ貰うのが例であった。私も、昼間のお小遣いを貰わないかわりに二銭ずつ貰った。その日はお弁当を持ってそこへくる迄、縁日を忘れていた。無論、昼間の分はつかってしまった私は、はっとした。母はもう一銭しかくれない。皆が二銭ずつ持っているのに、自分には一銭しかないということは、どんなに寂しいことであろう。

「父にねだって見よう」

道を歩きながら私は考えた。それはかなり云いにくい、望みの無いことだった。父はけちんぼだったから。

包みからお弁当を出して、もじもじしていたが、思い切って云って見た。父はがま口から二銭銅貨を出して、私の手の平へのせてくれた。あの大きな重い二銭銅貨を。(こんなことのあったせいであろうか、今でもあの不便な二銭銅貨は、ひと昔とでも云ったような懐しい重みを持っているように感じられる)そうして、その夜は大尽《だいじん》にでもなった気で縁日を歩き廻った。

父は小心な、曲がった事の出来ない（しかし道で拾ったぽっちりの金ならば、そっと了っておくような）ほんとうの小人であった。不孝者の私は父を吝嗇《りんしょく》な人と思っていた。しかし、父はそれより仕方なかったのだ。父は咳《せき》が出た。それには永い間薬がいった。それに、私達のような暮しをしている者には、明日の保証が一寸《ちっと》もないのだ。殊に父のような病弱な人には、その感じが強かったであろう。

「もし明日にでもどうかしたら……」

何事に対しても先ず父の頭へはそうした言葉がひらめいたであろう。父は少しずつ、少しずつ、恥しい程少しずつ貯蓄をした。

頰のこけた、髭《ひげ》をはやした顔、そうして自分で染め直した外套を着て、そろそろ、そろそろ、下駄を引き摺《ず》るようにして歩いてくる父の影が、私の心へ蘇《よみが》える。それは、もうかなり病いが重くなってからの姿だ。父はいよいよ動けないという日まで勤めた。

虎ちゃんという、いつも頓狂《とんきょう》なことを云って笑わせる私の友達の八百屋の子は、私達の仲間の前で突然こんなことを云ったことがある。

「たっちゃんとこのお父《とっ》つぁん偉いんだってさあ！」

「何故？」

仲間達の顔と顔を見比べる虎ちゃんの悪戯《いたずら》な顔を、私は薄気味悪く、そして間が悪るげに見詰める。

「だって、髭《ひげ》をはやしているんだもん！」

そう云って虎ちゃんは、げらげらと高笑いをする。

「ちぇっ！　髭をはやしているもんはどうして偉いの、ええ、虎ちゃん」

私は激しい恥辱を感じて突掛って行く。すると他の仲間が、とぼけた事を云う。

「あたい、髭をはやした電車の運転手を見たことがあるよ」

そう云う私達の、子供らしい皮肉のまじった会話は、私の父が大儀そうに社から帰ってきて、私達や仲間の傍を通って行った跡の、夕暮の中で交わされたような気がする……。

しかし、余り父の事を語りすぎた。

その明治何年かの四月一日の夜、私達一家は御膳をとり囲んでいた。話題は私の初登校のことであったろう。父は時々酒を飲んだ。その夜も一本の酒が父を上機嫌にしていた。「御屋敷の御婆さん」と母達に呼ばれている、昔御殿女中をしていた義母に育てられた父は、酔うと余計に切り口上になった。私は私が一家の内で大変幸福者であることや、従って一生懸命に勉強しなければならないこと、皆の恩を忘れてはいけない事などを、説き聞かされて涙ぐみながら御飯をたべた。私達の前にはひっそりしたおかずがある。こうした父の説教は一度や二度のことではなかった。私はそれが大嫌いであった。自分だけがうんと重荷を負わせられているような気がして堪らなく憂鬱になる。泣き虫の私の眼から溢れる涙は貧乏に生まれついたのを怨《うら》めしく思う涙で、決して病気と戦い、生活と戦う父や、一年中手の平のざらざらしている母や、小さな時から工場や会社へ勤めつづけてきた兄達への、感謝の涙ではなかったのだ。

母は、一同の食事の終わる頃に、私が学校へ着て行く普段着が、余りに汚れていることを思い出した。そして、次兄の古いかすりがあるが、あれではあまりひどいと思うとつけ加えた。母はそれを縫い直してくれようかと云うのだ。父はその紺がすりを見た。それは大分色が落ちていた。父はそれを染めてやるという。母は危ぶんだ。紺がすりを丸染めにしては、変なものになって了うからだ。しかし父は受け合った。

「子供の着るものなんか、さっぱりしていさいすればなんでも好いんだ。あした少し早く帰ってきて俺が釜で染めてやる」

父には、自分のやけた外套を染め直した経験があった。

狭い台所は、釜から登る湯気で白かった。たすきをかけた父が、湯気の中で動いている。引き窓を見上げると星がもう光っている。

釜の下では薪がぼうぼう燃えている。釜の中には黒い布と黒い湯とがにえたぎっている。父の手首も黒い。(父は一生懸命になると、よく鼻汁が髭を伝った。自分の眼鏡の蝶つがいを外して、細工をした時などの様子が眼についている)

さて、そのまた翌日のことだ。綺麗好きの母が、あれ程よく洗った釜で炊いた、その御飯はうす黒かった。

うす黒い御飯から、もうもうと湯気が上がった。

「赤の御飯のかわりだね」

誰かがそんな事を云う。染められた紺がすりは、まだ乾き切らずに竿にかかっていた。

幾日かの後、私はその染め直した妙な紺がすりを着て、一年生の仲間に入っていたことであろう。

私も、「前途有望な少年」であったのだ!

輪唱

梅崎春生

■うめざき・はるお　一九一五〜六五

福岡県生まれ。主な作品『ボロ家の春秋』『桜島』『怠惰の美徳』

初　出　『文芸』一九四八年九月号

初採録　午砲

「中学校現代の国語3　新版」（三省堂、一九七八年）

「新版中学国語1」（教育出版、一九七八年）

底　本　『梅崎春生作品集』第二巻（沖積舎、二〇〇四年）

いなびかり

おじいさんはだんだん人に口を利《き》かなくなった。それは歯が抜けているせいでもあったが、でもしゃべろうと思えば、まだしゃべることはできた。発音がすこし不明瞭になるだけであった。

しゃべりたくなると、おじいさんはひとり言をいった。しかしよく聞くと、それはひとり言ではなくて、なにかに話しかけているのであった。話し相手は、そのときどきによって、壁であったり、電熱器であったり、自分がきざんでいる仏像であったりした。おじいさんは実際に、ひとり言のなかで、話している相手の物品に、さんづけでよびかけたりしたのである。だからおばあさんは、聴き耳をたてるまでもなく、おじいさんが今なにに話しかけているか知ることができた。しかしそんな時でも、おばあさんはすこし仏頂づらしたまま、聞えないふりをしていた。おばあさんは、耳はもちろん、眼も歯も、わかい娘のようにたっしゃであった。

この数年来、おじいさんとおばあさんは、ほとんど口を利き合わなかった。二三年前までは、おじいさんも、寒いから窓をしめなさいとか、このおかずはまずいとか、短い言葉を言うこともあったけれども、ちかごろではそれも言わなくなった。おじいさんがものを言わないから、自然とおばあさんも、家のなかでは口を利かなくなった。しかしおばあさんは、しゃべりたくなると、近所にでかけて行って、よそのおかみさんとおしゃべりをしてきた。

昼のあいだ、おじいさんはモク拾いに出かけた。おじいさんは若いときから、仏師として生活していたが、ちかごろでは注文が絶えてないのであった。注文がなければたちまち生活にこまるので、払い下げ品の軍隊ゲートルを脚にまいて、おじいさんは毎朝モク拾いに出かけていった。そして一日中、道路や公園や駅をあるき廻った。おじいさんは駅がいちばん好きであった。収穫が多いというせいもあったが、また何となく好きなのであった。夕方になると、手にさげた信玄袋に煙草の吸いさしをいっぱい入れて、くたびれた姿勢になって戻ってきた。弁当をもって行かないから、おなかはぺこぺこの筈であった。

おじいさんは歯が弱かったが、おばあさんは丈夫なので、肉が大好きであった。けれども貧乏なので、安い鯨肉しか買えなかった。鯨肉でもそのつもりで食えば、牛肉のような味がした。鯨が出盛りになると、おばあさんは毎日それを買ってきた。おばあさんは元気よく食べたけれども、おじいさんはひどく努力してそれを食べた。別に不平も言わなかった。おじいさんの食事はながいことかかったが、おばあさんは先にさっさと済ませて、夜なべの準備にとりかかった。おばあさんの夜なべというのは、おじいさんが持ち帰った煙草の吸いさしをほぐして、新しい巻煙草に再生することであった。

おじいさんは食事がすむと、ひっそりと板の間におりて行った。ここがおじいさんの仕事場になっていた。そこに坐るとおじいさんの顔は、俄《にわ》かにがっくりと年とったように見えた。仕事にかかる前に、おじいさんは彫りかけの仏像をしばらくながめたり、のみをとって刃先をながいこと光に透したりした。

「今日も、モク拾いに、行ってきましたよ。ノミさん」

衰えた声でそんなことを呟《つぶや》いたりした。おじいさんの顔には、疲労がみなぎっていて、彫りかけた仏像のつやつやした顔と、いい対照を示していた。

長い吸いさしや短い吸いさし、曲った吸いさしや口紅のついた吸いさし、おばあさんは丹念に解きほぐして、ごちゃごちゃにすると、こんどは手巻器械をカチャカチャ言わせて、一本一本巻いて行った。その音のあいだに、おじいさんがのみをあてる音が混った。のみの音はにぶく間遠であった。くらい電燈のひかりが、そこにしずかに落ちていた。おばあさんはそちらをちらちら見ながら、指を正確にうごかして、器械をカチャカチャ鳴らした。

（おじいさんは仏師のくせに、うちには仏壇もないんだよ！）

おばあさんはそんなことを考えたりした。そしておじいさんが若いころ女好きで、それで苦労したことなどを思いだしたりした。その頃からこの家には、仏壇がなかった。しかしいま暗い板の間に坐っているおじいさんの姿は、そのころと別人のようにしなびていた。

十時ごろになると、巻き終えた煙草をひとまとめにして、おばあさんは立ちあがりバタンバタンと乱暴に夜具をしいた。その音にびっくりしたようにおじいさんは顔を上げるのであった。あたりの木屑を整理すると、自分もたちあがって夜具をしいた。そしてふたりとも、だまって別々に寝た。

夜中におばあさんが眼をさますと、いつもおじいさんは片頬に、うすら笑いをうかべて眠っていた。

ある日おじいさんは、いつものようにゲートルをまいて、小刻みに脚をうごかしながら、駅の方へあるいて行った。手には信玄袋をぶらぶらさせていた。切符を買って歩廊に入ると、すこし前屈みになって、吸いさしをみつけると、手をのばして拾いあげ、大事そうに信玄袋におさめた。それから煙草をくわえている男をみつけると、すこし遠くから、じっと見守っていた。煙草を捨てるのを待っているのであった。そんなときのおじいさんの顔は、すこしゆるんで、にこにこしているように見えた。男が捨てると、すぐ近よってそれを拾いあげ、また他の男の方へあるいて行った。おじいさんはやせているので、ゲートルを巻いた脚は細い竹の筒みたいだった。

そのころおばあさんは街角で、昨夜まいた手巻煙草をうりつくし、マーケットから赤黒い鯨肉をひとかたまり買って戻ってきた。それを台所におくと、おとなりの糊屋のおばあさんのところへおしゃべりに行った。

しばらくすると台所にやせたぶち猫がおずおずと入ってきた。あたりを見廻して台所にあがり、流しのざるに伏せた鯨肉を、歯ですこしずつ千切って、にちゃにちゃと食べた。歯に肉がひっかかるらしく、ときどき前脚をあげて踊るような恰好をした。

そのたびに流し板がかたかたと鳴った。鯨肉はすこしずつ食いちぎられ、不規則な形に歯跡がのこされて行った。猫の腹はしだいにぼったりふくらんできた。すると表の方から跫音《あしおと》が近づいてきたので、猫はぎょっとしたように首をあげた。……

「あのじじい。おれが煙草すてるのを待ってやがる」

派手なアロハシャツを着た青年が、駅の歩廊で、連れの男にそう言った。そしていまいましそうに吸いかけの煙草を、おじいさんの方へピンと弾きとばした。煙草はあかい線となっておじいさんの足もとにとんだ。

そのとたんに、おじいさんは二尺ばかり飛びあがった。煙草の火がゲートルのほぐれたところにもぐりこんで、ぶかぶかの地下足袋のなかにおちこんだのである。おじいさんは真赤な顔になって、やっ、ほう、と変な叫びをたてて、片足をぴょんぴょんさせた。

夕方になっておじいさんはとぼとぼと家に戻ってきた。暗い空からは、今にも雨がおちてきそうであった。おじいさんはかすかにびっこを引いていて、はなはだしく疲労しているように見えた。

台所には鯨肉を煮る匂いがしていた。かまどの前では、おばあさんが仏頂づらをして、しきりに火吹竹をふいていた。

やがて夕食が終えたころ、屋根の上で雨のおとがぽつりぽつりと鳴った。そしてそれはだんだんひどくなった。

部屋のすみではおばあさんが信玄袋をひらいたら、吸いがらはいつもの半分ぐらいしかなかった。おばあさんはとがめるような眼付になって、おじいさんの方を見た。おじいさんは大きな耳をひくひくと動かして、奥歯でしきりに鯨肉を噛んでいた。おばあさんはかなしいような、あきらめたような表情になって、吸いがらをざらざらと畳にこぼした。

(ほんものの牛肉を、いっぺん腹いっぱい食べたいな)

おばあさんは気をまぎらすように、そんなことをかんがえた。へんな猫に鯨肉を半分も食われたことを、まだおばあさんは腹を立てているのであった。しかし火吹竹で猫の横面を力いっぱいなぐりつけたとき、猫がよろめきながら、燃えるようなかなしい眼付をしたことを思いだすと、やはりおばあさんの胸にも物悲しい気持がひろがってきた。

茶碗をかたづけると、おじいさんはひっそりと板の間におりて行った。そしていつものところに坐った。内側にまげた足先に、あかく火ぶくれができているのが、暗い電燈の光でもはっきり見えた。おじいさんは顔をあげ、雨の音をききながら、ぼんやり壁にかかった雨合羽をながめていた。明日も雨だとすると、吸いがらは濡れてしまうから、出かける必要はないわけであった。おじいさんは奥歯をなおもすり合わせて、はさまった鯨肉の一片をかんだ。今日のも、やはり堅い肉であった。しかし今夜ほど、噛むのに骨の折れたことは、今までにあまりなかった。噛んでいるだけで、体力が尽きてしまいそうな気がした。

「雨合羽さん。雨合羽さん」おじいさんは口の中でもぐもぐと呼びかけた。「この四五年に、わたしは鯨を一匹はたべましたよ」

吸いがらをほぐす手をやめて、おばあさんはきらっと眼をひからせた。おじいさんはのみをとりあげながら、うつむいたまま、ぼんやりわらっているのであった。不気味なかげが、おじいさんの額におちていた。その前には、半分ほど出来かけた仏像が、背をそらして立っていた。この仏像に、おじいさんは二箇月もかかっているのであった。

窓のそとを、ときどき青白く稲妻がはしった。おじいさんの背後には、でき上った小さな仏像が、壁を背にしていくつもならんでいた。翳《かげ》をふかめて鎮もっている仏像たちが、稲妻の青い光にとつぜん浮び上った。仏像たちは微妙な光を全身にたたえていて、まるで生きて歩きだしそうに見えた。しかし稲妻がきえると、それらはまた壁の暗がりにしずんで行った。

猫の話

大通りに面した運送屋の二階をかりて、若者と一匹の猫が住んでいた。

この猫は、ある日とつぜん、彼の部屋にやってきた。どこからともなく、板廂《いたびさし》をつたって、彼の部屋に入ってきたのであった。そのまま猫は彼の部屋に居ついた。彼も孤独であったから、なんとなくこの猫に愛着をかんじるようになった。

猫の皮は茶色のぶちで、耳たぶがうすく鋭くたっていた。身体のあちこちが、しなやかにくぼんでいて、尻尾はながく垂れていた。

それまでひどい生活をしていたと見えて、猫はすっかりやせていた。眼だけが大きく澄んでひかっていた。彼は外食券食堂にゆくたびに、食べのこした魚の骨やパンの耳を、紙につつんで持ってかえった。猫はそれを待ちかねて食べた。そのほかに自分で、部屋にやってくるカナブンブンや蠅《はえ》をとらえて食べたりした。猫がいちばん好きだったのは、蟋蟀《こおろぎ》であった。運送屋のとなりが空地であったので、そこから蟋蟀が何匹も入ってくるのであった。

蟋蟀が部屋に入ってくると、猫は急にしんけんな眼付になって、畳の上にひらたくなり、蟋蟀の姿をねらった。その姿勢はなにか力にみちていて、眺めていると、自分が蟋蟀をねらっているような錯覚に彼はおちた。猫がぱっと飛びあがると、かならずその蟋蟀は猫の口にくわえられていた。猫はそれからばりばりと蟋蟀を嚙み、触角だけをのこして、他はみな食べてしまうのであった。

彼の部屋には、だからあちこちに、細い剣のような触角がたたみの上にちらばっていた。それが足の裏にざらざらふれるたびに、彼は次のような句を思い出した。

蟋蟀在堂　歳聿其莫

それはむかし、伯父さんから習った文句であった。意味はわからなかったけれども、彼は何とはなく、これを記憶していた。その他伯父さんから、いろいろなことを習ったが、覚えているのはこれだけであった。あとのことは、すべて忘れていた。

夜になると、猫は彼に身体をすりよせて寝た。そのしなやかな皮のしたに、彼はかぼそい猫の骨格をかんじた。もっといろんなものを食わせて、肥らしてやりたいと思ったが、貧乏でそれも出来ないのであった。食堂から魚の骨をつつんでかえるのが精いっぱいであった。

昼間、ときどき猫はどこかへ出かけて行った。しばらくしてかえってくると、おなかがふくらんでいて、ぐったり横になり、舌で顎《あご》のへんを舐《な》め廻したりした。どこかに行って、なにか食べて来るにちがいなかった。そんな時は蟋蟀がそばまできても、あまり見向きもしなかった。

「なにを食べてきたんだい。おまえは」

彼はよく指先で、やわらかい脇腹をぐりぐりとついてやったりした。いまどきよその猫に食物をあたえる家もないだろうから、どこかの台所でぬすんで食っているにちがいないと思ったが、彼にはそれを叱るすべもないのであった。

「ぬすむのもいいけれど、見つからないようにしろよ」

彼はこの猫に、カロという名をつけてやった。意味もない名前であった。それから三箇月ほどすぎた。

ある曇った日、彼が窓から大通りを見おろしていると、向う側の横町から、カロが出てきた。なにかへんにふらふらした歩きかたで、いつものような確かさがなかった。頸《くび》をしきりに曲げるようにしながら、ひょろひょろとよろめいて、大通りを横切ろうとした。切迫した予感が背をはしって、彼は窓べりをにぎりしめたまま、身体を思わずのり出した。そのとたん、右手の方から走ってきた黒い自動車が、あっという間に視野に入ると、茶色のカロの姿は、ひょろひょろとその車輪のしたに吸いこまれた。

頭のなかが燃え上るような気持で、彼はそれを瞬間に見た。カロの身体がぐしゃっとつぶれる音を、彼はその時全身でありありと感じとった。自動車はちょっと速力をゆるめたが、すぐにスピードを増して左手の方へ小さくなって行った。暗い空のした、ひろい車道のまんなかに、カロのつぶれた死骸だけがぼろ布のようにころがっていた。それを一目見たとき、彼は大声でわめき出したい衝動をこらえながら、眼を大きく見開いて、指をがくがくと慄えさせていた。

その夜、彼は蒲団にもぐって、長いこと泣いた。カロをこんなに愛していたとは、いままで意識しないことであった。こみあげてくる涙のなかに、生きているカロのいろんな姿体がうかんできて、彼はなおのこと泣いた。外では雨が降ってきたらしく、板廂をはじく水音が聞え、遠く近くで雷の音がごろごろと鳴った。前の大通りを、自動車が水をはねて疾走してゆく音が、ときどき聞えた。

翌朝になると、雨はあがっていた。彼は寝巻のまま、はれぼったい瞼の下から、乾いた眼で大通りを見おろした。濡れてだだっぴろい車道のまんなかに、カロの死骸があった。やはり夢ではなかった。それは昨夜なんども自動車のタイヤにひかれたと見えて、板のようにうすっぺらになって、鋪道にひらたく貼りついていた。猫の身体のかたちのまま、面積は生きているときの五倍にもひろがっていた。彼は急に無惨な気がして、また涙がながれ出そうな気がした。そしてあわてて、窓からはなれた。

大通りを、一日中何十台何百台ともしれぬ自動車が往来した。彼は一日中部屋にいて、その音をきいていた。

翌日は日が照って、道が乾いた。道が乾くのといっしょに、カロの死骸も乾いた。乾いてみると、それは猫の死骸という感じではなくて、猫の形をしたよごれた厚紙のような感じであった。そしてそれは鋪道に貼りついてはいたが、四囲の部分が疾走するタイヤの圧力ですこしめくられ、ひらひらと動いていた。その上を容赦なく、いろんな型の自動車やトラックが通った。彼はそれを窓から見おろしていた。

彼はその日一日中、カロのことをぼんやり考えていた。蟋蟀《こおろぎ》をねらうカロの姿だとか、蒲団にねむっているカロの恰好だとか、彼の着物の裾にじゃれつくカロの感触などが、なまなましく彼によみがえってきた。そのカロがすでに実体をうしなって、あそこによごれた紙みたいになって拡がっていることを思うと、胸をかきむしりたくなるような悲哀感が彼をおそうのであった。あの横町から出てきたとき、どうも歩き方がおかしいと思ったが、ものを盗んでいるところを見付けられ、どこかをしたたか殴られたにちがいない、と彼は思った。そうすると彼はあたらしく涙が垂れた。

そしてまた翌日になった。彼が窓から通りを見おろすと、カロの死骸の感じがすこし変ったように見えた。彼は眼をこらして、しばらくじっと眺めた。たしかに昨日より、形が小さくなったような感じであった。彼が見ている前で、その時また一台のトラックがカロの上を通りぬけた。その反動でカロの死骸がすこし動いたような気がしたが、はっと気がつくと、死骸の縁のささくれだった一部を、たしかに今のタイヤがくっつけて持って行ったにちがいなかった。

彼は身体のなかから、何か引きぬかれるような感じがして、凝然と立ちすくんだ。

カロの死骸が、乾くにつれて風化して、皮も骨も内臓もぼろぼろの物質になり、四囲のめくれた部分からすこしずつ、車輪がかすめてゆくに相違なかった。一廻り小さくなったところを見ると、昨日から相当量、千切って持ち去られたにきまっていた。そう思うと彼は、なにか言いようのない深いかなしみが、胸のなかにひろがってくるのを感じた。

彼はその日、窓辺に椅子をおいて、一日中通りを見張っていた。カロの死骸をかすめてゆく自動車がいるのを、どうしても放っておけない気持がするのであった。そうして昼の間、何十台という自動車が、カロの上を通った。それは恰好のいい乗用車もあったし、がたがたのトラックもあったし、またオートバイや、まれには霊柩車《れいきゅうしゃ》が、カロの部分をすこしずつ持って逃げた。そのたびに、彼は両掌で眼をおおった。

夕方になると、カロは半分になっていた。

次の日も彼は朝から、窓辺の見張りをつづけていた。カロの死骸はすでに猫の形をうしなって、一尺四方ぐらいの、白茶けたぼろにすぎなかった。しかし彼は昨日から、ずっと見張っているせいで、それがカロのどの部分であるかは、はっきりと知っていた。

この日もさまざまな自動車が、カロの上を通った。道が乾き切ったので、カロの死骸も貼りついている支えを失ったのか、今日はことに脆《もろ》く持ち去られるようであった。顔の部分はまだ残っていたが、昼ごろ炭俵をつんだトラックがきて、両方の耳を一挙に持って逃げた。彼はあの薄いするどい耳たぶの形を思い出して、声を出してうめいた。

黄昏《たそがれ》のいろが立ちこめてきた頃、カロはすでに手帳ほどの大きさになっていた。それは最後までのこったカロの顔の部分であった。彼は異様な緊張を持続しながら、黄昏《たそが》れかかった通りを見張っていた。

通りのかなたから自動車の影をみとめるたびに、彼は身体をかたくした。そしてその車輪がカロにふれないように、必死に祈願した。

しかしついに、最後のカロを持ち去られる瞬間がきた。それはぼろぼろのタクシーらしく、ななめに揺れながらごとごと走ってきたのであった。ちらと見た印象では、なかに中年の男たちが五六人、ぎっしりと詰めて乗っていて、それがみんな酔っぱらっているらしかった。窓から手が出たり入ったりした。まるで自動車自体が酔っぱらっているような具合であった。それの後尾のタイヤが、あっという間もなく、カロの顔をぺろりとすくいあげたと思うと、がたごと軋《きし》みながら、その酔っぱらい自動車は一目散に遠ざかって行った。

彼は窓からはなれ、部屋のまんなかにくずれるように坐りこんだ。そうして両掌を顔にあて、しずかな声で泣いた。カロがすっかり行ってしまったことが、ふかい実感として彼におちたのであった。カロの死骸が、いまや数百片に分割され、タイヤにそれぞれ付着して、東京中をかけめぐっていると考えたとき、彼はさらに声をたかめて泣いた。

カロがいなくなって四日になるから、蟋蟀が何匹も床の間や壁のすみに、安心してとまっていた。木箱のかげにいたその一匹が、その時触角をかすかに慄《ふる》わせながら、畳の上にはい出してきた。そしていい音をだして一声たかく鳴いた。

午砲《どん》

叔父さんは岬《みさき》の一軒家に、ひとりぼっちで住んでいた。日曜毎に少年は岬へあそびに行った。

芒《すすき》のしげった草丘のかげに、叔父さんの家はひっそりと建っていた。板屋根がひくくかたむいていて、家というより小屋という感じにちかかった。少年が行くと、いつも叔父さんは部屋のなかで、ぼんやり寝ころんでいるか、起きて本をよんでいるかしていた。部屋にいないときは、海の方へおりてゆくと、大きな岩のかげでつり糸をたれていた。

叔父さんは背がたかく、大きな掌をもっていた。広い額がすこしおでこになっていて、灰色がかった黒眼がその下にあった。叔父さんの眼はいつもどんよりしていて、遠くを見ているのか、近くを見ているのか、すこしも判らなかった。おでこでかげになるせいだろうと、少年は心できめていた。

岩かげでは、ハゼやドンコが釣れた。叔父さんから竿を借りて、少年はそれを釣ったり、草原の上で宿題の写生をしたりした。写生をしていると、叔父さんがこっそりやってきて、しばらくうしろで眺めたりした。

「海はそんな色かね。そんな色じゃないだろう。もっと黒くてきたない色だよ」

そんなことを叔父さんは言うことがあった。そして自分でクレヨンをとって、少年の絵を塗りなおしたりした。

「あの樹は、そら、こんな色じゃないよ。よく見てごらん。幹だって、ウンコ色だよ」

叔父さんが手を入れて修正すると、色はいつもきたならしくなって、学校へ出すのも恥かしいような絵になった。だから少年は家へかえって、同じ絵をあたらしく書かねばならなかった。絵を直されるのは迷惑だったけれども、少年はこのような叔父さんが好きであった。

岬は腸詰のような形で無雑作に、青黒い海にのびていた。その岬のつけねから、ぽつぽつ家並が始まり、弯曲《わんきょく》した海岸線にそって、小さな市街がひろがっていた。だから岬の尖端からみると、抱きこまれた海のむこうに、灰色の市街がよこたわっていた。叔父さんの役目は、この岬で午砲をうつことであった。正午になると砲声が、半里の海をわたって、市街にひびいてきた。すると貧しい市街にすむ人々は、時計の針をなおして十二時に合わせた。

叔父さんはまったくひとりぼっちで住んでいた。叔父さんの部屋には、すすけた吊りランプがかかり、畳は潮風に赤茶けていた。こんなところにひとりで住んでいて、淋しくないかしらと少年は思った。そしてそう訊ねてみた。

「淋しくはないさ」と叔父さんはすぐにこたえた。しかしそう答えたときの叔父さんの姿は、なにか影のように黒くひらたく見えた。だから少年はかさねて言葉をついだ。

「叔父さんは退屈しないの?」

「退屈はしないさ」叔父さんはすぐにそう答えて、大きな掌を少年の頭においた。「退屈しているのはお前だろう。ハゼ釣りにつれてってやろうか」

叔父さんはいろんなことを少年に教えて呉れた。岬に生えている草の名や、鳥や虫の名を叔父さんは指さして教えた。それから部屋のなかで、机につんだ本をひろげて、一部分を読んで聞かせたり、わかりやすく説明して呉れたりした。叔父さんの机の上には、きちんと折りたたんだネルの布に、古風な大きな懐中時計が置いてあった。その竜頭は茸《きのこ》のような形をしていた。叔父さんの声は、近くで話しているくせに、遠くから聞えてくるような響きをもっていた。

ある日曜日、叔父さんとハゼを釣っていたとき、少年は足をすべらせて、岩角でくるぶしを切った。血がたくさん出て、半泣きになっていると、叔父さんは岩の上から、へんに真面目な声になって言った。

「海の水につけるんだ。早く降りてつけなさい」

少年が降りてゆくのと一緒に、叔父さんも岩を降りてきた。片足をつめたい水につっこむと、傷口にじんとしみて、鮮紅色の血がゆらゆらと水に溶けた。岩角に手をかけて、少年は痛みをこらえて、じっとそれを見つめていた。頭の上から叔父さんの声がした。

「そら。きれいだろ」

血が紅い煙のように、揺れながらぼやけていた。そして傷口からまた赤い血が、淡青の水の色にふき出ていた。叔父さんは身体を曲げるようにして、それを灰色の眼でじっと眺めていた。少年は俄かに、恐いようなかなしいような気持になって、半分泣き声でさけんだ。

「まだ入れとくの。まだ？」

叔父さんはその声をきくと、急にやさしい顔になって、少年を抱きあげた。用心しながら岩へ上って、小屋まで抱いたまま歩いて行った。そして薬を戸棚から出して、ていねいに繃帯《ほうたい》をしてくれた。

普通の曜日は、少年は市街にある小学校で午砲《どん》の声をきいた。遠くから午砲がひびいてくると、学校の鐘が鳴って、お弁当の時間になるのであった。だから皆はこの午砲のおとをたのしみにしていたが、少年はその時叔父さんを強く思いだし、なにか身体があたたかくなるような、淋しいような気持になった。皆はただ音をきくだけで、それを打つ人のことを何故かんがえないのだろうと、少年はぼんやり思うのであった。日曜の正午になると、少年は叔父さんが打つ午砲の音をすぐ近くで聞いているわけであった。近くで聞く午砲のおとは、遠くで聞くおととまるでちがっていた。

十二時すこし前になると、叔父さんは机の上の大きな懐中時計をわしづかみにして、芒《すすき》の道をぬけて岬の突端へいそいだ。少年もおくれないように、叔父さんのあとにつづいた。

大砲は岬の尖端の見晴しのいいところにあった。仮小屋のなかに入っていて、砲口は市街の方にむいていた。青黒い砲身はずんぐりと短く、元のところにローマ字がちいさくぐるりと彫られていた。

　叔父さんは砲身の栓をぬいて、火薬やぼろ片や藁《わら》をいっしょに押しこめた。そしてしばらく身構えて、手にした時計の秒針をにらみつけていた。

　海をへだてた彼方には、今日も市街が灰色に沈んでいた。ところどころに煙突がたち、煙が幾筋かでていた。港のところに帆柱がちいさく並んでいるのが見え、海の上に帆船がゆったりと浮んでいた。あたりはしんとしていて、何の物音もしなかった。

　少年はいつも、身体が内側からふくれ出すような気持になりながら、発射の瞬間を待つのであった。時計をにらむ叔父さんの表情は、平常の顔とはまるで違っていた。そんな叔父さんの顔を、少年は痛いような好奇心で見つめていた。そして少年は、こんな表情をときどき大人がつくることをよく知っていた。受持の先生が便所でおしっこしているときの顔や、お医者さまが注射をするときの顔を、少年はすぐ聯想した。しかし叔父さんの顔は、それともどこかちがっているような気もした。

　叔父さんの身体がぱっと動くと、そこだけ空気がすぽっと抜けるような、途方もない大きな音がした。反響もなにもない、からっぽで、そのくせ耳ががんとなるような烈しい音響であった。二三秒間は身体のなかがすっかり空虚になって、すべてのものが停止するような気がした。このじんとしびれるような二三秒間を味わうことが、少年はもっともおそろしかったし、それ故にまた、もっとも待たれるのであった。叔父さんもこれがたのしみで、毎日打っているのかも知れないと、少年はときどき考えた。煙硝のにおいのする茶色の煙が、潮風に散ってしまうと、少年は叔父さんによりそうようにして、道を戻って行った。そして少年はいつも同じことを叔父さんに問いただそうとするのであった。

「いまの音、お父さんやお母さんにも聞えたかなあ。どうも聞えないような気がして、仕方がないの」

すると叔父さんはいつも、ぼんやりしたような笑いをうかべて、大きな掌を少年の頭にのせた。

ひばりの子

庄野潤三

■しょうの・じゅんぞう　一九二一～二〇〇九
大阪府生まれ。主な作品『プールサイド小景』『夕べの雲』『静物』
初　出　ザボンの花（第一章）
「日本経済新聞」一九五五年四月一日～五日
初採録　「新中学国語総合1下　新訂版」（大修館書店、一九五七年）
底　本　『庄野潤三全集』第二巻（講談社、一九七三年）

その声は、ふいに正三《しょうぞう》の頭の真上で聞えた。

それは、うれしくてたまらないような、本当にかわいらしい声であった。その声は、正三の頭の真上の空から、いきなり動き出したぜんまい仕掛のおもちゃの自動車か何かのように、勢いよく鳴り出したのだ。

それを聞いた時、正三は思わず立ち止って、

「あ、あのひばりの子だ」

といった。

そういって、大急ぎで空を見上げたのである。

青い麦畑の中の道である。春休みになってからずっと雨ばかり降り続いて、正三はすっかり閉口していたのだ。

正三はこんどから小学四年生。妹のなつめは二年生、一番下の四郎はあと二年しな

いと幼稚園へ行けない。

そのなつめと四郎は、今日は朝から村田さんのお家へ遊びに行ったきり、昼になるのに戻って来ない。久しぶりのお天気なので、二人ともそれこそ夢中になって遊んでいるのだ。

(なつめのやつ、宿題もしないで、いい気になっているな)

お母さんから呼びに行くようにいわれて家を飛び出して来た正三である。四年生ともなれば、宿題もたくさんある。なつめのような二年坊主とは、ちょっと違うのだ。

正三の家から村田さんの家までは、畑の間の一本道だ。その道は、ゆるやかに曲りながら、遠くに森や雑木林や竹やぶや、それらのかげにある農家や、ところどころに新しく建てられた住宅を一目に見渡しながら、村田さんの家のすぐ横へ続いているのだ。

いつもこの道を通って、正三となつめは学校へ行くのである。

青い麦畑の真中で、大急ぎで空を見上げた正三は、太陽の光りがまばゆくて、ちょっと手をかざしてみた。

すると、ちょうど頭の真上のあんまり高くはないところに飛んでいる一羽のひばりが眼に入った。

それは、大変せわしそうにさえずりながら、その声と全く同じくらいのせわしさで、小さな羽根を動かして、まるでやっとこさ空に引っかかっているというふうに見えた。

そのひばりの飛び方を見ていると、あれだけせわしく羽根を動かさないことには、たちまち、真っさかさまに落ちてしまう、といわんばかりなのだ。

広い空の中で、それは小さくなって使えなくなった消しゴムくらいの大きさの、黒い粒となって、今にも落っこちそうに、たよりなく震えながら動いてゆくのであった。

正三は、その黒い粒をじっと見ている。

(あれは、ひばりの子だ。きょう、はじめて空へ飛び上ったんだ)

正三は、そう思った。

(あの飛び方を見れば、分る。あれは、ついこの間まで、まだ指くらいしか伸びていない青い麦の中で、かわいい声で鳴いていたやつだ)

その雛のすがたを、正三はいち度も見かけなかったが、その雛が鳴いていた声は、はっきり覚えている。

その声を聞いたのは、たった三回で、それを聞いた場所も、その度ごとに違っていたが、それはだいたいこの辺の畑の中であったのだ。

「ひばりの巣は、探してはいけないよ」

いつだったか、父がそういったことがある。あれはまだ正三の家族が大阪に住んでいた時分のことであった。幼稚園に行っていた時であったから。

正三の家は、電車の停留所から五分くらいのところにあって、まわりは家が詰んでいたが、裏の方へ向って歩き出すと次第に空地や草原が多くなり、二十分も歩くと、畑のあるところへ出て来るのであった。

父は日曜日など、気が向いた時には、正三やまだ小さかった妹のなつめの手を引いて、でたらめに畑の見えるあたりまで散歩に連れて行ってくれた。そんなある散歩の時に、ひばりの声を道のそばの探せばすぐ見つかりそうなところに聞いて、巣を見つけてと父にせがんだことがある。

その時に、正三は父からいわれたのだ。

「どうして、いけないの」

不服らしく正三がそう聞くと、父は、

「いや、どうしてということはないけれども、それはしてはいかんのだ」

といって、あとは何もいわずにずんずん子供たちの手を引っ張って、畑中の道を歩いて行った。

その時、正三は父がなぜひばりの巣を探してはいけないというのか、そのわけがはっきりとは分らなかったが、ただぼんやりとそれがいけないことだということを父の言葉の調子から感じた。

ひばりの巣を探し出したいという気持は、いまの正三にだってある。大ありだ。いまなら正三は、父に頼んだりはしない。もし探す気なら、自分で探して見せる。ただ、ひばりの巣を探したくても、可哀そうだから、しないだけだ。

正三が三回、まだ小さい麦の中で可愛く鳴いているのを聞いたひばりの子が、今、あんなにうれしそうにさえずりながら、生れてはじめての空へ飛び上っているのだ。

「ほら、がんばれ、落ちるな」

正三は、思わず身体に力が入った。

その時、ひばりの声の調子が、変った。

三つくらいの音色を綴ったような鳴き方をしていたのが、二つの音色だけになり、それも大へん慌てたように聞え始めた。

「おや？」

と正三がひばりを見つめていると、消しゴムの切れはしよりももっと小さくなっていたその丸い、黒い粒は、それまでは震えながら空に引っかかっていたようなのが、横に一直線に流れて行ったかと思うと、今度はいきなり地面に向って落ちた。

それは、まるでひばりの子が、空から、地面のどこかで見てくれている親に向って、「お父さん、お母さん、もうこのくらい飛べば、及第でしょう。ぼくは、もう死にそうだ。ほら、降りますよ」

と声をかけて、それをいいも終らないうちに、すとーんと空から落ちたような具合であった。

正三はひばりが落ちて行った方に向って、大急ぎで走って行った。

それは、バスの走っている道路の向う側の広い芝生地の真中であった。そこは冬の間に掘り起して、またならされた上へ、一面に肥をばらまいてあった。芝生屋の地所だ。

その肥をばらまいた上に、ひばりはてんとすまして着陸しているのだ。

「馬鹿なやつだなあ」

正三は、あきれてしまった。心配して走って来ただけに、ひばりが無事なのを見てほっとすると同時に、今度はおかしくなって来たのである。

「おい、そんなところにじっとしていたら、くさいぞ」

正三がそうどなろうとした時、不意にどこからか石が飛んで来て、ひばりのすぐ近くに落ちた。

いつの間に来ていたのか、バス道路のところに一人の男の子が立っている。正三と同じくらいの大きさの子供だ。

そいつは、すぐに次の石を拾おうとしてかがみこんだ。

正三は怒った。思わず大声でどなった。

「こらあ。石を投げるなあ」

男の子は、こちらを見た。黙って、じっと正三の方を見ている。

どうも、正三の方を見ている様子は、このままではただでは済ませんぞといった気配が感じられる。

正三とその少年との間は、三十メートルくらい離れている。二人は、にらみ合ったまま、少しずつ近づいて行った。

ちらと芝生の方を見ると、ひばりは石が飛んで来たのに別にびっくりした様子もなく、のろのろと肥の上を歩いている。

ひばりの子に石を投げつけるなんて、なんというひどいことをするやつだろう。もしもまともに当ったら、どうするのだ。せっかく、生れてはじめて空へ飛び上って、あんなに高いところまで上ることができたというのに。

正三は、とてもふんがいしたのである。

だが、そのひどいことをした男の子をなぐってやろうなどとは、ちっとも考えていない。どなって、相手が石を投げるのを止めれば、それでしまいであった。

ところが、そいつは、石を投げるのは止めたが、こわい顔をして正三をにらみつけながら近づいて来たのだ。こうなると、正三も引き下がることはできない。

衝突するまで進んでゆくだけである。その間に、肥の上を歩いているひばりが、早く逃げてくれればいい。こんなに人の目につきやすい芝生の上なんかで休んでいないで、さっさとお父さんやお母さんのいる麦畑へ飛んでゆけばいいのだ。

正三と石を投げた少年とは、とうとう顔をつき合わせるところまで来てしまった。

「おい」

先に声をかけたのは、相手の少年だ。

「いま、なんていった」

すごい顔をしている。

正三は、始め自分と同じ年くらいと思ったが、近くで見ると、相手はどうも五年生か六年生くらいの大きさだ。色が黒くて、とても意地の悪そうなやつだ。

(これは、やっかいなことになったぞ)

正三は、本当いうと、少しこわくなってきた。喧嘩をやれば、向うの方が強いに決まっている。それに正三は、これまで喧嘩というものをしたことがないのだ。

(なぐられるかも知れんな)

だが、正三はやせ我慢を張った。

「石を投げるなといったんだ」

「なに?」

相手の眼が光った。

「なんだと。よけいなお世話だ」

その声を聞いたとたん、正三の眼には相手が急に恐ろしい大人のように見えて来た。

(危い。早く逃げろ!)

正三の頭の中で、そういう声が聞える。

そいつは、じりじりと正三に近づいて来た。正三はいまにもくるりとうしろを向いて走り出したかったが、やっと頑張ってそこに突っ立った。

「あれは、ぼくのひばりだ」

正三は、自分でも思いがけないことをいったのである。

「なに? お前のひばりだと」

「そうだ。あれは、ぼくが飼っているひばりの子だ。らんぼうなことはしないでくれたまえ」

相手は、驚いて正三の顔を見た。

「お前のひばりだと?」

相手の少年は、呆れたようにいった。

「うん。あれは、ぼくのひばりなんだ」

断固としてそういうと正三は、ゆっくりと芝生の方を見て、どうやらひばりはその間に麦畑に無事に帰ったことを確かめると、さっさと家の方へ引き返した。

敵は正三のあとを追っかけて来るかと思ったが、「ちぇっ、でたらめいってやがる」といっただけで、向うへ行ってしまった。

正三は、ほっとした。

（ああ、よかった。危いところだったな）

それから、とっさの時に、どうしてあんなことをいい出したのだろうかと思うと、なんだかおかしくなってきた。

不思議なもので、こちらが変なことをいったものだから、今にもなぐりそうに勢いこんでいた相手の方では、はぐらかされて手出しができなくなったのだ。

「ああ、愉快、愉快」

正三は次第に得意な気持になって、ひとりごとをいった。

「なつめは、学校の帰りに時々、いじめっ子に会うといっているが、あいつがそうかも知れないな。一発、くらわしてやればよかったな」

その時、正三はやっと自分の用事を思い出した。村田さんの家へ遊びに行ったまま、昼になっても帰って来ない妹と弟を呼びに行く途中であったのだ。

「これは、ずいぶん道草をくったぞ。さあ、走って行こう」

正三は、自分にそういって、青い麦畑の中の道を走り出した。……村田さんの近くまで来ると、家の裏になつめたちのお河童の頭が思い思いに動きまわっているのが見えた。

村田さんの家には、なつめと同級生のユキ子ちゃんと、四郎より一つ年上のタカ子ちゃんがいる。その四人が、生れて二月くらいたった白いまるまるした仔犬を一匹ずつ抱いて遊んでいるのだ。

なつめとユキ子とタカ子の三人は、スカートの中に仔犬を入れて、カンガルーの親みたいにしている。その仔犬は、迷惑そうな顔をして眼をぱちぱちさせている。

村田さんのおばさんは、親犬と仔犬四匹とで一回にお鍋二はいも御飯を食べるので、困っているのだけれど、子供たちは仔犬を手離すことには大反対なのだ。

正三が、なつめと四郎を呼んで畑中の道を帰って来ると、四郎が急に立ち止って空を指さした。

春の空の高い高いところで、飛行機が大きな落書をしているのだ。青いガラスの上に蠟石《ろうせき》で書いたように、美しい飛行雲が、キという字を書いて、そのまま横の棒をどこまでも伸ばしているのであった。兄弟は、それに見とれた。

子供のいる駅

黒井千次

■くろい・せんじ　一九三二〜
東京生まれ。主な作品『時間』『群棲』『カーテンコール』
初　出『問題小説』一九七五年九月号
初採録「中学校国語3」（学校図書、一九九七年）
底　本『星からの1通話』（講談社文庫、一九九〇年）

はじめての一人旅というものは、まだ幼い心と身体にどれほどの緊張と期待と夢を背負わせるものであることか。たとえその旅が、間違って配達された手紙を四つ角の鈴木さんの郵便受けまで届けるための往復であれ、夕暮れの文房具屋への折り紙や画用紙の買物であれ、子供にとってそれが世界に向けてのたった一人の最初の旅であることに変りはない。そしてその旅で、小さな出来事や奇妙な冒険に出会ったからといって、その子供が不幸であったと決ることは誰にも許されない。――テルの場合はこんなふうであった。

東京の郊外にあるテルの学校では、生徒の半数以上が電車通学やバス通学であった。バスの場合はそれほどでもなかったが、テルには薄水色の電車の定期券がなんともうらやましくてならなかった。紐や鎖のついた定期券をポケットからひき出し、なに気ない顔つきで改札口を通っていく友人達の姿がひどく大人びて見えたのだ。電車通学も出来ないのに、なぜテストなんかを受けてあの学校にはいらなければいけなかったのか、とテルは母をなじった。あの学校に通うためにわざわざこの町のマンションに引越して来る人もいるというのにね、と母はとりあわなかった。

不幸にも家が学校に近かったので二年生になっても一人で電車に乗ったことのなかったテルに、願ってもないチャンスが訪れた。電車で五つほど離れた駅から通っている吉田クンから、火曜日の午後の誕生日の会に招かれたのだ。メンバーは少数で、電車通学の友人ばかりだった。火曜日は四時間だから、うちへ帰ってランドセルを置いたらすぐ行くよ、とテルは母親の許しも得ずに吉田クンに答えた。こうして、テルのささやかな一人旅は準備された。

母親はまるで息子を外国に手離すかのように心配した。吉田クンが待っているはずの向うの駅の改札口まで送ってやろう、と何度も何度もテルに言った。その度に、大丈夫だよ、一人で行けるよ、とテルは次第に大きくなる声で答えた。黒い革の小さな財布に白いコインと赤いコインを何枚かもらっていれ、それをズボンのポケットの奥深くに押しこんだ。新しいハンカチとチリ紙を渡されて、テルはたった一人の短い旅に出た。家の前の道が、学校に通う時より白く広く感じられた。

「キップを落しちゃだめですよ」

「改札口をはいったら、キップはすぐお財布にしまいなさいよ」

「なくしたら、もう駅から出られなくなるんだからね」

門の前に立った母親が伸び上っては声をかけ続けた。ふり返って手でこたえながら、自分がいま、会社に出かけて行く父親になったような気分をテルは味わった。母親に見えないように彼は揃えた二本の指を唇にそっともっていく。すると指の間に透明な煙草が生れ、テルは電柱の脇を通り過ぎる時に空気の色をした煙を吐いてみた。

行きはなにごともなかった。というより、乗りこんだ電車の中で同じ吉田クンのうちを訪れる友達にばったり会ってしまったので、テルの一人旅は家から駅のプラットホームまでしか続かなかったわけだ。テルにはそれが残念だった。電車に一人で乗りたいばかりに、彼は早く帰るように言われているからと吉田クンに嘘をついて、友達を残したまま一足先に家に向かった。吉田クンの母親が、一人で大丈夫かしらと心配するのに、ぼくはどこへでも一人で行っているのですから、とテルは答えた。

行きとは逆のコースを辿《たど》って駅についた。自動販売機で子供のキップを買って改札口を通った。ピカピカ光る手摺につかまって階段をのぼった。プラットホームに降りるとすぐに下り電車が来た。あまり待つ時間がなくて物足りなかった。電車はすいていた。大きくあけた窓から塊になった風がとびこんでテルを椅子の上に押し倒そうとした。負けるものか、と彼は風に顔を押しつけて行った。すると、電車は飛行機になって線路すれすれの低空を飛行しはじめた。こうして、人気の少ない車両の中での単独行の楽しみをテルは味わい続けた。もうどこまでだって一人で行ける、とテルは思った。あっという間に降りる駅の近づいてしまうのが不満なほどだった。これではあまりにすぐ帰れてしまう……。

ところが、そうはならなかった。テルが変異に気づいたのは、階段を降りて改札口の前まで来た折だった。囲いの中にこちらを向いて駅員が立っていた。彼が何かを要求しているのがテルにはわかった。駅員が拡げた両手の上に、人々は次々と何かを渡しては狭い通り道をすり抜けた。テルはギョッとしてその場に足が凍りついた。どうしていいかわからなかった。誰もが当り前の顔をしてその儀式をくり返していた。テルにはそれが出来なかった。ポケットには財布しかはいっていなかった。取り出した財布にはお金しかはいっていなかった。そしてなにもないポケットの底はふわふわと生温いだけだった。

その時、駅員が銀色の鋏《はさみ》で改札口の囲いを激しく叩いた。

「もしもし、お客さん、秋葉原からの方《かた》！」

応えるものがないと知ると駅員は急に声を張り上げた。改札口から遠ざかる人の動きに小さなざわめきが生れた。次の瞬間、駅員の身体は軽々と改札口の囲いを跳び越えて外に走った。人々のざわめきが止まって音が消え、その中を一人の男が駆け抜けようとしてたちまち駅員に手首をとらえられた。大声のやりとりが二つ三つとびかい、それから急に大人しくなってしまった黒い服の男の腕をとって駅員はもどって来た。男の顔は奇妙な赤い色に染まっていた。

「逃げないから離せよ」

「あんたは知ってたわけでしょう」

「だからぼくは……」

激しく身体が揉《も》み合うと、男は腕を振りもぎって改札口の前からもう一度逃げようとした。今度は駅員の顔が真赤になり、男の顔色は青く変っていた。男は駅員に強く引かれて事務室の中に消えた。

キップを渡さないで出ようとしたんだ、とテルは思った。まるで泥棒がつかまる時みたいだ、とテルは怯《おび》えた。そして突然、自分がなぜそこに立っているかに彼は気がついた。駅員が男を事務室に連れていった後、改札口は少しの間無人の状態になっていた。いま夢中で走り抜ければ逃げられるかもしれない、という考えがちらとテルの小さな頭をかすめた。人のいない改札口の囲いの中から、赤い顔をした駅員が何人も何人も湧き出しては襲いかかって来そうな恐れが、しかしたちまちテルをおさえつけた。人のいる改札口より、人影のないまま口を開いた改札口の方がよけいに気味悪く感じられた。逃げなくては、とテルは思った。彼は一目散に走った。改札口とは逆に階段を駆け上り、いつかホームに立って苦しい息を吐いていた。家を出る時の母親の言葉がよみがえった。「キップを落しちゃだめですよ」「なくしたら、もう駅から出られなくなるんだからね」――。

ぼくはもう、ここから出られなくなったのかも知れない、とテルは考えた。出ようとすれば、必ずあの男のように改札口でつかまってしまうに違いない。駅から出られなくなった場合の逃げ方については、母親はなにも彼に教えてはくれなかった。

ホームにいる間はまだ安全なのだろうか。両親と一緒に出かけた際、電車の中でキップを見せてほしい、と係員のまわって来たことがあった。ホームではそんなことをしている駅員を見たことがない。平気な顔をして立っていれば、誰がキップを持ち、誰が持っていないかなどわかりはしないだろう。そう気がつくと、テルは少し落着いて売店のそばの水飲場で水を飲んだ。ぬるい水がいやな薬の臭いをたてながら細くつまってしまったような咽喉《のど》を降りていく。

少しずつ気持ちが平静さを取り戻してくるにつれ、テルの頭は、どうやって危険を逃れるかより、どこまでは安全であるかの限界を確めようとする方に向った。長いプラットホームの西の端まで白線のタイルを踏んで数えてみる。階段の下から百四つ目にあたる最後のタイルまでは完全に駅の中だ。いや、黄色いペンキで縁取られた木の通路が伸びて行く線路の間まではまだ駅に含まれるのかもしれない。

そう考えているとテルにはふと思い出されることがある。いつか、駅前の信号の横のポストに手紙を入れた後、なにげなく木の扉の開いていた道にふらふらとはいりこんでみたことがある。中から青い服を着て黄色いヘルメットをかぶった男が現れて、何の用か、とたずねた。黙って首を横にふると、ここは駅の構内なのだからやたらにはいってはいけないのだ、とテルを追いたてた。「コーナイ」という言葉の意味は正確にはわからなかったが、それでも「領地」のようなものらしい、という想像までは彼にもついた。だから、反対側から見れば、あの木の扉のところまでは行っても大丈夫なわけだ。

プラットホームには売店がある。あそこでチューインガムを売っているおばさんはキップを持っているのだろうか。電車から投げ出された新聞らしい茶色の紙の包みを取りに来る青いジャンパーを着た人達も、やはりみんなキップを持っているのだろうか。疑問はいくらでも湧いて出たが、テルにわかるのはただ、キップをなくした以上、自分はもうこの駅から外へは出られないのだ、ということだけだった。改札口の駅員の赤い顔が目にちらついて離れない。

夕暮れが近づいて電車に乗り降りする人のふえたのにテルは気がついた。うっかり学校の先生などにみつかっては大変だ、という新しい心配に彼は向き合わねばならなかった。更に遅くなれば会社から帰って来る父親に出会わないとも限らない。その前に、顔色を変えた母親が警察の人と一緒に捜しに来るかもしれない。隠れよう——テルはそう決心した。どうせここからもう出られないのなら、この中で一人でしっかり暮していかなければならない。

刻々に増加し続ける人々を前にテルは焦った。あの階段から、ホームに滑りこんだ電車のドアから、夕刊を売る売店の陰から、いつ知った顔が現れるかわからない。周囲を見廻すテルの目は、二つある階段の古い狭い方の昇り口をとらえた。新階段と違って狭い階段の側面は、灰色のペンキの剝げかけた板張りだった。ホームの一番端にあり、改札口からも離れているためにそちらの階段の利用者はあまり多くはなかった。人気を避けてテルは階段の裏手に廻りこんだ。遠くに踏切りの見えるひっそりとした空間がそこにひろがっていた。ここにしばらくしゃがんでいよう、と考えてペンキの剝げた板にもたれて彼は蹲った。

「おい、どうした？」

背中の奥から小さな声が呼びかけていた。押し殺されてはいても、それが男の子の声であるのをテルはすぐに聞き分けた。声だけではなく、背中が持ち上げられるように平たい力を受けている。

「はいって来いよ」

柔らかな声が今度はもっとはっきりテルの耳にとどいた。驚いて立上ろうとした時、板張りの壁の一部が突然四角く口を開いてテルは薄闇の中に転げこんでいた。

「キップ、なくしたんだろ？」

自分より少し年上らしいジーパン姿の男の子が目の前に立っていた。

「心配ないわよ。私達、みんなそうよ」

お誕生パーティーの帰りらしい、白いドレスを着て小さなバスケットをさげた女の子が脇から言った。口々になにかを呟く二十人近い子供達の影が、板張りの隙間から射し込む光線の中にぼんやり浮かんで見えた。奥に行くほど低くなっている斜めの天井が激しく鳴った。電車が来て、大人があわてて走っているのさ、と野球帽にユニフォームをつけた子供が教えた。どこかで見たことのある顔だった。

「ずっと、いるの？」

テルは埃《ほこり》臭い空気にようやくなじみながらジーパンをはいた男の子に訊ねた。

「まあ、な」

「キップが出て来るまで？」

「さあ、出ては来ないだろ」

少年は愉快そうに笑った。今日からここがぼくのうちだ、とテルは咄嗟《とっさ》にさとった。大人になるまでぼくはここから出ないだろう、と他人《ひと》ごとのように思いながら彼はコンクリートの床に尻をつけた。また斜めの天井がゴトゴト鳴っている。

握手

井上ひさし

■いのうえ・ひさし　一九三四〜二〇一〇
山形県生まれ。主な作品『イソップ株式会社』『ナイン』
初　出　『IN★POCKET』一九八四年五月号
初採録　「中学校国語3」（学校図書、一九九三年）
「国語3」（光村図書出版、一九九三年）
底　本　『井上ひさし短編中編小説集成』第十一巻（岩波書店、二〇一五年）

　上野公園に古くからある西洋料理店へ、ルロイ修道士は時間通りにやってきた。桜の花はもうとうに散って、葉桜にはまだ間があって、そのうえ動物園はお休みで、店の中は気の毒になるぐらい空《す》いている。椅子から立って手を振って居所《いどころ》を知らせると、ルロイ修道士は、

「呼び出したりしてすみませんね」

　と達者な日本語で声をかけながらこっちへ寄ってきた。ルロイ修道士が日本の土を踏んだのは第二次大戦直前の昭和十五年の春、それからずっと日本暮しだから、彼の日本語には年期が入っている。

「こんど故郷《くに》へ帰ることになりました。カナダの本部修道院で畑いじりでもしてのんびり暮しましょう。さよならを云うために、こうしてみなさんに会って回っているんですよ。しばらくでした」

ルロイ修道士は大きな手を差し出してきた。その手を見て思わず顔をしかめたのは、光ヶ丘天使園の子どもたちの間でささやかれていた「天使の十戒」を頭にうかべたせいである。中学三年の秋から高校を卒業するまでの三年半、わたしはルロイ修道士が園長をつとめる児童養護施設の厄介になっていたが、そこにはいくつかの「べからず集」があった。子どもの考え出したものであるから、べつにたいしたべからず集ではなく、「朝のうちに弁当を使うべからず（見つかると次の日の弁当がもらえなくなるから）」、「朝晩の食事は静かに喰うべからず（ルロイ先生は園児がにぎやかに食事をしているのを見るのが好きだから）」、「洗濯場の手伝いは断わるべからず（洗濯場主任のマイケル先生は気前がいいからきっとバタ付きパンをくれるぞ）」といった式の無邪気な代物《しろもの》で、そのなかに「ルロイ先生とうっかり握手をすべからず（二、三日鉛筆が握れなくなっても知らないよ）」というのがあったのを思い出して、それですこしばかり身構えたのだ。この「天使の十戒」がさらにわたしの記憶の底から、天使園に収容されたときの光景を引っ張り出した。

風呂敷包みを抱えて園長室に入って行ったわたしをルロイ修道士は机越しに握手で迎えて、

「ただいまからここがあなたの家です。もうなんの心配もいりませんよ」

と云ってくれたが、彼の握力は万力《まんりき》よりも強く、しかも腕を勢いよく上下させるものだから、こっちの肘が机の上に立ててあった聖人伝にぶつかって、腕がしびれた。だが、顔をしかめる必要はなかった。それはじつに穏やかな握手だった。ルロイ修道士は病人の手でも握るようにそっと握手をした。それからこのケベック郊外の農場の五男坊は、東京で会った、かつての収容児童たちの近況を熱心に語りはじめた。やがて註文した一品料理が運ばれてきた。ルロイ修道士の前にはプレーンオムレツが置かれた。

「おいしそうですね」

ルロイ修道士はオムレツの皿を覗き込むようにしながら両の掌《てのひら》を擦り合せる。だが、彼の掌はもうぎちぎちとは鳴らない。あのころはよく鳴ったのに。園長でありながらルロイ修道士は訪問客との会見やデスクワークを避けていた。たいていは裏の畑や鶏舎にいて、子どもたちの食料をつくることに精を出していた。そのために彼の手はいつも汚れており、掌は樫の板でも張ったように固かった。そこであのころのルロイ修道士の汚い掌は擦り合せるたびにぎちぎちと鳴ったものだった。

「先生の左の人さし指は、あいかわらずふしぎな恰好をしていますね」

フォークを持つ手の人さし指がぴんとのびている。指の先の爪は潰れており、鼻糞をまるめたようなものがこびりついている。正常な爪はもう生えてこないのである。あのころルロイ修道士の奇妙な爪について天使園にはこんな噂が流れていた。日本にやってきて二年もしないうちに戦争がはじまり、ルロイ修道士たちは横浜から出帆する最後の交換船でカナダに帰ることになった。ところが日本側の都合で交換船は出帆中止になってしまったのである。そして連れて行かれたところは丹沢の山の中。戦争が終るまでルロイ修道士たちはここで荒地を開墾し、蜜柑と足柄茶をつくらされた。そこまではいいのだが、カトリック者は日曜日の労働を戒律で禁じられているので、ルロイ修道士が代表となって監督官に、「日曜日は休ませてほしい。その埋め合せは、他の曜日にきっとする」と申し入れた。すると監督官は、「大日本帝国の七曜表は月月火水木金金。この国には土曜も日曜もありゃせんのだ」と叱りつけ、見せしめにルロイ修道士の左の人さし指を木槌で思い切り叩き潰したのだ。だから気をつけろ。ルロイ先生はいい人にはちがいないが、心の底では日本人を憎んでいる。いつかは爆発するぞ。……しかしルロイ先生はいつまでたってもやさしかった。それればかりかルロイ先生は、戦勝国の白人であるにもかかわらず敗戦国の子どものために、泥だらけになって野菜をつくり鶏を育てている。これはどういうことだろう。

「ここの子どもをちゃんと育ててから、アメリカのサーカスに売るんだ。だからこんなに親切なんだぞ。あとでどっと元《もと》をとる気なんだ」という噂も立ったが、すぐ立ち消えになった。おひたしや汁の実になった野菜がわたしたちの口に入るところを、あんなにうれしそうに眺めているルロイ先生を、ほんのすこしでも疑っては罰が当る。みんながそう思いはじめたからである。

「日本人は先生にたいして、ずいぶんひどいことをしましたね。交換船の中止にしても国際法無視ですし、木槌で指を叩き潰すにいたっては、もうなんて云っていいか。申しわけありません」

ルロイ修道士はナイフを皿の上においてから、右の人さし指をぴんと立てた。指の先は天井をさしてぶるぶるこまかくふるえている。また思い出した。ルロイ修道士は、「こら」とか、「よく聞きなさい」とか云うかわりに、右の人さし指をぴんと立てるのが癖だった。

「総理大臣のようなことを云ってはいけませんよ。だいたい日本人を代表してものを云ったりするのは傲慢《ごうまん》です。それに日本人とかカナダ人とかアメリカ人といったようなものがあると信じてはなりません。一人一人の人間がいる、それだけのことですから」

「わかりました」

わたしは右の拇指《おやゆび》をぴんと立てた。これもルロイ修道士の癖で、彼は、「わかった」、「よし」、「最高だ」と云うかわりに右の拇指をぴんと立てる。そのことも思い出したのだ。

「おいしいですね、このオムレツは」

ルロイ修道士も右の拇指を立てた。わたしはハテナと心の中で首を傾《かし》げた。おいしいと云うわりにはルロイ修道士に食欲がない。ラグビーのボールを押し潰したような恰好のプレーンオムレツは、空気を入れればそのままグラウンドに持ち出せそうである。ルロイ修道士はナイフとフォークを動かしているだけで、オムレツをちっとも口へ運んではいないのだ。

「それよりも、わたしはあなたを打《ぶ》ったりはしませんでしたか。あなたにひどい仕打ちをしませんでしたか。もし、していたなら、あやまりたい」

「一度だけ、打《ぶ》たれました」

ルロイ修道士の、両手の人さし指をせわしく交差させ、打ちつけている姿が脳裏にうかぶ。これは危険信号だった。この指の動きでルロイ修道士は、「おまえは悪い子だ」と怒鳴っているのだ。そして次にはきっと平手打が飛ぶ。ルロイ修道士の平手打は痛かった。

「やはり打《ぶ》ちましたか」

ルロイ修道士は悲しそうな表情になってナプキンを折り畳む。食事はもうおしまいなのだろうか。

「でも、わたしたちは打《ぶ》たれて当り前の、ひどいことを仕出かしたんです。高校二年のクリスマスだったと思いますが、無断で天使園を脱け出して東京へ行ってしまったのです」

翌朝、上野へ着いた。有楽町や浅草で映画と実演を見て回り、夜行列車で仙台に帰った。そして待っていたのがルロイ修道士の平手打だった。「明後日の朝、かならず戻ります。心配しないでください。探さないでください」という書置きを園長室の壁に貼りつけておいたのだが。

「ルロイ先生は一ヶ月間、わたしたちに口をきいてくれませんでした。平手打よりこっちの方がこたえましたよ」

「そんなこともありましたねえ。あのときの東京見物の費用はどうやってひねり出したんです？」

「それはあのとき白状しましたが……」

「わたしは忘れてしまいました。もう一度教えてくれませんか」

「準備に三ヵ月はかかりました。先生からいただいた純毛の靴下だの、つなぎの下着だのを着ないでとっておき、駅前の闇市で売り払いました。鶏舎からニワトリを五、六羽持ち出して焼鳥屋に売ったりもしました」

ルロイ修道士はあらためて両手の人さし指を交差させ、せわしく打ちつける。ただしあのころとちがって、顔は笑っていた。

「先生はどこかお悪いんですか。ちっとも召しあがりませんね」

「すこし疲れたのでしょう。これから仙台の修道院でゆっくり休みます。カナダへ発《た》つころは、前のような大ぐらいに戻っていますよ」

「だったらいいのですが……」

「仕事はうまく行っていますか」

「まあまあといったところです」

「よろしい」

ルロイ修道士は右の拇指を立てた。

「仕事がうまく行かないときは、このことばを思い出してください。『困難は分割せよ』。焦ってはなりません。問題を細かく割って一つ一つ地道に片付けて行くのです。ルロイのこのことばを忘れないでください」

冗談じゃないぞ、と思った。これでは遺言を聞くために会ったようなものではないか。そういえばさっきの握手もなんだか変だった。「それはじつに穏やかな握手だった。ルロイ修道士は病人の手でも握るようにそっと握手をした」というように感じたが、じつはルロイ修道士が病人なのではないか。もと園長はなにかの病いにかかりこの世の暇乞《いとまご》いにこうやってかつての園児を訪ねて歩いているのではないか。

「日本でお暮しになっていて、たのしかったことがあったとすれば、それはどんなことでしたか」

先生は重い病気にかかっているのでしょう、そしてこれはお別れの儀式なのですね、と訊こうとしたが、さすがにそれは憚《はばか》られ、結局は平凡な質問をしてしまった。

「それはもうこうやっているときにきまっています。天使園で育った子どもが世の中へ出て、一人前の働きをしているのを見るときが一等たのしい。なによりもうれしい。そうそう、あなたは上川くんを知っていますね。上川一雄くんですよ」

もちろん知っている。ある春の朝、天使園の正門の前に捨てられていた子だ。捨て子は春になるとぐんとふえる。陽気がいいから発見されるまで長くかかっても風邪を引くことはあるまいという母親たちの最後の愛情が春を選ばせるのだ。捨て子はたいてい姓名がわからない。そこで中学生、高校生が智恵をしぼって姓名をつける。だから忘れるわけはないのである。

「あの子はいま市営バスの運転手をしています。それも天使園の前を通っている路線の運転手なのです。そこで月に一度か二度、駅から上川くんの運転するバスに乗り合せることがあるのですが、そのときはたのしいですよ。まずわたしが乗りますと、こんな合図をするんです」

ルロイ修道士は右の拇指をぴんと立てた。

「わたしの癖をからかっているんですね。そうしてわたしに運転の腕前を見てもらいたいのでしょうか、バスをぶんぶん飛ばします。最後にバスを天使園の正門前に停めます。停留所じゃないのに停めてしまうんです。上川くんはいけない運転手です。けれども、そういうときがわたしには一等たのしいのですね」

「一等悲しいときは……？」

「天使園で育った子が世の中に出て結婚しますね。子どもが生まれます。ところがそのうちに夫婦の間がうまく行かなくなる。別居します。離婚します。やがて子どもが重荷になる。そこで天使園で育った子が自分の子を、またもや天使園へ預けるために長い坂をとぼとぼ登ってやってくる。それを見るときが一等悲しいですね。なにも父子二代で天使園に入ることはないんです」

ルロイ修道士は壁の時計を見上げて、

「汽車が待っています」

と云い、右の人さし指に中指をからめて掲げた。これは「幸運を祈る」、「しっかりおやり」という意味の、ルロイ修道士の指言葉だった。

上野駅の中央改札口の前で思い切って訊いた。

「ルロイ先生、死ぬのは怖くありませんか。わたしは怖くて仕方がありませんが」

かつてわたしたちが悪戯《いたずら》を見つかったときにしたように、ルロイ修道士はすこし赤くなって頭を掻《か》いた。

「天国へ行くのですからそう怖くはありませんよ」

「天国か。ほんとうに天国がありますか」

「あると信じる方がたのしいでしょうが。死ねばなにもないただむやみに淋しい所へ行くと思うよりも、にぎやかな天国へ行くと思う方がよほどたのしい。そのためにこの何十年間、神さまを信じてきたのです」

わかりましたと答えるかわりにわたしは右の拇指を立て、それからルロイ修道士の手をとって、しっかりと握った。それでも足りずに腕を上下にはげしく振った。

「痛いですよ」

ルロイ修道士は顔をしかめてみせた。

上野公園の葉桜が終るころ、ルロイ修道士は仙台の修道院でなくなった。まもなく一周忌である。わたしたちに会って回っていたころのルロイ修道士は、身体中が悪い腫瘍の巣になっていたそうだ。葬式でそのことを聞いたとき、わたしは知らぬ間《ま》に、両手の人さし指を交差させ、せわしく打ちつけていた。

小さな手袋

内海隆一郎

■うつみ・りゅういちろう　一九三七〜二〇一五

愛知県生まれ。主な作品『人びとの忘れもの』『鮭を見に』『百面相』

初　出　『Signature（シグネチャー）』一九八三年十一月号

初採録　「中学校国語1」（学校図書、一九九七年）

「現代の国語2」（三省堂、一九九七年）

底　本　『30%の幸せ』（メディアパル、二〇〇八年）

私の家から歩いて十五分ほどのところに、武蔵野の面影を残した雑木林がある。小学校のグラウンドを三つ合わせたぐらいの面積に、櫟《くぬぎ》、栃《とち》、楢《なら》、椎《しい》、といった木々が繁茂している。

畑や新興住宅地の背後に望む樹林の外観は、いかにも〔鬱蒼《うっそう》〕として、人を寄せつけないように見える。しかし、近寄ってみると、木立ちは意外に疎《まば》らなことが分かる。木々のあいだを縫《ぬ》って、子供が二人ならんで歩けるほどの小径《こみち》が林の奥へつながっている。そこだけが、雑草に蝕《むしば》まれることもなく、土肌を見せている。

林のなかに入っていくと、まわりの木々は思いがけなく優美で、太い幹でも子供の腕でひと抱えほど、細いものは子供の手首ほどしかない。それぞれが、天へ向かって真っ直《ま》ぐ《す》に伸び上がったり、放射状に伸び分かれたり、くねくねと恥じらうような曲線を見せたりしている。あたり一面に、木の葉や雑草の匂《にお》いがたちこめている。その匂いは、季節によって微妙に変化するようだ。

六年前の秋、この雑木林で、私の次女が年老いた〔妖精《ようせい》〕に出会った。そのとき、シホは小学三年生だった。

「ほんとよ。ぜったい、いたんだからあ」

十月半ばの午後、近所の友だちが飼犬の運動に行くのに付き合って、シホは林へ行ったのだそうだ。

林に着いて引き綱から放したら、犬は深く積んだ落葉を蹴《け》ちらして、走っていったきり戻ってこない。友だちと二手に分かれて犬の名を呼びながら、林のなかを探しまわった。

すると、いきなりシホの眼前に、その〔妖精〕が現れたのだそうだ。

一本の木が地面のすぐ上から曲がって、地を這《は》うように伸びている。その幹に、小柄なおばあさんが、ちょこんと腰かけていた。こげ茶色の大きなショールに包まれて、膝《ひざ》の上には編み棒と毛糸の入った手提《てさ》げ籠《かご》があった。

髪は真っ白、小さな顔も真っ白で、子供のようなくりくりした黒い瞳《ひとみ》がじっと娘を見つめていた。その躰《からだ》があまりに小さいので、長めのスカートからのぞいている黒靴の爪先《つまさき》が地面から高く離れていたそうだ。

シホは立ちすくんだ。意外なところにおばあさんがいたのだから、それだけでも驚くのは当たり前である。ところが、おばあさんのようすを観察しているうちに、シホは震《ふる》えあがってしまった。つい最近読んだ童話の本を思いだしたからである。その本には、魔法を使って人間を石や木に変えてしまう意地悪な〔妖精〕が出てきたのだ。それが、眼の前のおばあさんとそっくりだった。

――いけない。このおばあさんは、きっと〔妖精〕だわ。眼を見合わせていると、魔法をかけられちゃう。

とっさに、シホは伏眼になり、足もとだけを見るようにして、そろそろと後退《あとずさ》った。

「それは、よかった。じつに適切な判断だった。非常に沈着な行動だったぞ」

と、私は娘にいった。

「おばあさんが妖精だったら、おまえは雑木林の櫟の木にされていたかもしれないんだからな」

小学三年生の娘は、父親のまじめな反応に大いに満足したようだった。しかし、そばにいた妻は、笑いを含んだ眼つきで、娘と私を見比べていた。娘の話を聞いていた夕食前のテーブルで、その日も少し早めの晩酌《ばんしゃく》を、すでに定量以上に過ごしていたからである。

数日後、シホは〔妖精〕のおばあさんから毛糸で作った親指大の人形をもらってきた。

「いやだあ、妖精なんかじゃなかったよ。カペナウム病院にいるおばあちゃんだった。どうもおかしいと思ったんだ、あたし」

小学三年生の幼い頭でも、童話に出てくる〔妖精〕が近所の雑木林にいるわけはない、と気づいたわけだ。シホは、〔真偽〕を確かめに、一人で林へ出かけたのである。〔妖精〕のおばあさんは、いつかと同じ木の幹に腰かけて、たくさんの小さな毛糸人形をこしらえていたそうである。

「その人形は、あの林に入り込んだ子供たちかもしれないぞ。魔法で毛糸人形にされたんだぞ、きっと。油断するな」

私がいうと、娘は、けらけらと笑った。彼女の頭からは、すでに意地悪な〔妖精〕

のイメージは消えていたようである。

カペナウム病院というのは、キリスト教会が経営している小さな病院である。建物は木造の平屋が三棟。一棟が診療所で、二棟は入院病棟となっている。

看板に〔内科・小児科・小外科〕とある。外科に〔小〕がついているのは、大怪我《おおけが》の手当てや手術はいたしません、ということなのだろう。そして、〔脳卒中リハビリテーション専門〕と末尾に記されている。入院患者のほとんどは〔リハビリテーション専門〕の老人たちである。

お年寄りの共同住宅といった趣《おもむ》きを見せている入院病棟は、雑木林に隣接している、というよりは、建物が雑木林のなかに入り込んでいる、といったほうがよい。

シホの出会った〔妖精〕のおばあさんは、この病棟の入院患者だった。しかも、すでに一年以上も滞留《たいりゅう》しているらしい。脳卒中のために、右手と右足が不自由になっているという。いつも編んでいる毛糸人形は、リハビリテーションの一種なのだろうか。とにかく、一個完成するまでには、正常な人の五倍も時間がかかるのだそうだ。

——といった話を、シホは毎日のように私に報告した。

シホは、おばあさんに会いに、雑木林へ日参するようになっていたのである。帰宅したシホの髪の毛から、雑木林の枯葉の甘い匂《にお》いが漂《ただよ》っていた。

十一月に入って、空気が冷たくなっても、シホは雑木林へ行くのを止《や》めなかった。学校から帰るとすぐに自転車を駆って出かけた。

「だってえ、あたしが行かないと、おばあちゃんは泣きたくなるんだそうだもの。いつも、明日も来てね、ってゲンマンするんだよ」

「こんなに肌寒くなっても、おばあさんは雑木林に来てるのかい。身体によくないはずなんだがなあ」

「ううん。雑木林のなかは暖かいんだよ。それに、あたしがおばあちゃんのショールのなかに一緒に入ってると、とっても暖かいんだって。ショールのなかでお話をしながら、おばあちゃんは人形を編んでいるんだよ」

「どんなお話をするんだい」

「そうねえ。あたしが学校で習ったこと。……それから、大連《だいれん》っていう遠い町のこと。ずうっと前に、おばあちゃんは、そこに住んでいたんだって。……それからねえ、二人でおやつを食べるの」

紙に包んだ二人分の〔おやつ〕を、ときおり妻が持たせてやっていた。〔お菓子の本〕と〔家庭医学の本〕と首っぴきで、高血圧の人に影響のなさそうな菓子を、妻は真剣になってつくった。

じつは、そのころ妻の父も脳卒中で倒れていたのである。東北に住む病父が、間もなく訪れる厳寒の冬を無事に乗り切れるかどうか、大いに危ぶまれていた。

「おばあちゃんがねえ、こんなにおいしいお菓子をつくってくれるお母さんに、ぜひお会いしたいねえって。足が治ったら、きっとお礼にうかがいますって……」

「そうねえ。そのうちお母さんがご挨拶《あいさつ》に行かなくちゃね。シホちゃんがとても可愛《かわい》がっていただいてるんだしねえ」

と、妻は遠くを見る眼をしていった。

十一月中旬、妻の父が二度目の脳卒中の発作を起こした。妻は、とりあえず単身、父親の病床へ駆けつけた。

私と娘は、妻からの〔報せ《しら》〕を待つことになった。いつでも、すぐに駆けつけることができるように準備していた。

そのあいだ、シホは遠慮がちに雑木林へ出かけた。そして、短い時間で帰ってきた。おばあさんからも「おだいじに」という伝言をもらってきた。

やがて、私たちが列車に乗らなければならない日がやってきた。

シホにとっては、初めて体験する身内の不幸であった。幼いときから親しんだ祖父との別れは、小さな胸にも深い傷を刻んだようだ。

いつも活発な笑い声を立てている子が、大人のような暗い顔をしているのが痛々しかった。別れのための儀式がとり行われているあいだじゅう、娘はうつむきつづけた。娘のなかで、何かが変化したのを、私は目撃したように思った。じつは〔祖父の死〕というものが、これほどの衝撃を九歳の子供に与えるとは予想もしなかったのである。

シホの変化は、そのまま雑木林のおばあさんとの交際にもつながった。東北から帰ってきてから、シホはまるでおばあさんのことを忘れたように雑木林から遠のいた。それがきわめて〔自然〕だったので、私も妻も顔を見合わせただけで一言も触れなかった。おばあさんがシホを心待ちにしているだろうことは察せられた。

しかし、私たちにはそのときの娘の心に立ち入ることはどうしてもできなかった。もしかしたら、シホはおばあさんのことを本当に忘れてしまったのかもしれない。そのような〔自然さ〕だった。

およそ二年半後の春——六年生になったばかりのシホが雑木林のおばあさんのことを思いだしたのは、ほんのちょっとしたきっかけからだった。

その日は祝祭日だった。ところが、せっかくのお休みなのに、シホは前夜から風邪《かぜ》で発熱していた。行きつけの病院もお休みである。

そこで、私はシホを自転車の荷台に乗せてカペナウム病院へ行くことにした。それまでは一度も通院したことはない。ただ、こうした日にもちゃんと診療してくれると聞いていたのである。

看護婦さんは、すべて修道女であった。優しい笑顔を浮かべて、てきぱきと注射を打ち、ルゴールを塗ってくれた。

薬の出るのを待っていると、シホが、そうだ、といった。

「やっぱり聞いてみようっと」

シホは、ベンチから立ち上がって、気軽そうに受付の小窓を覗《のぞ》き込んだ。

「あのう。ここに入院していた患者さんで、いつも毛糸人形を編んでいたおばあちゃんですけど、いまどうしているか知りませんか。白い髪の小さなおばあちゃんですけど」

受付の若い修道女は、小窓の向こうから娘と私の顔を見比べてから、しばらく視線を宙に泳がせた。

「いまは、そのような方はいませんねえ。いつごろ入院していらしたんですか」

「二年半ぐらい前ですけど……」

「それじゃあ、わたしがここに来る前ですね。ちょっと待ってください」

若い修道女は、受付の部屋から出てきて、すぐに隣りの薬剤室へ入っていった。すると、ほとんど〔間髪をいれず〕という感じで、その薬剤室から中年の修道女が飛びだしてきた。右手にシホのものらしい〔カルテ〕を持っている。

「あなたがシホちゃんなのね。やっぱりいたのね。ほんとだったのね」

修道女は、低い声で、興奮を抑えるようにして、いった。

「探したのよ。宮下さんに頼まれてねえ」

修道女の話によると、シホが会いに来なくなってから一カ月ほど、おばあさんは毎日のように雑木林に行って待っていたのだそうだ。そのうちに十二月の半ばがすぎて、寒気が厳しくなったので、病院では外出を許さないようにした。いまにきっと、シホちゃんは病院のほうに来てくれるわよ、と修道女たちはおばあさんをなだめるばかりだった、という。

クリスマスの近づいたある日。おばあさんは修道女に泣いて頼んだそうだ。――シホちゃんに渡したいものがあるから、どうしても探してほしい。これを渡すだけでいいのだから、見つけて連れてきてください。

「宮下さんは、よほどシホちゃんが好きだったのね。――わたしたちは手分けして、このあたり一帯を探しました。でも、このカルテのご住所を見ると、探した範囲からはだいぶ離れているようねえ」

修道女は溜《た》め息《いき》をついて、小さく笑った。そして、ちょっと待ってね、といいおいて薬剤室へ入っていった。しばらくしてから、彼女は茶色の袋を持って現れた。

「これ、そのときの宮下さんからシホちゃんへのクリスマスプレゼントなのよ。あのあと、わたしが預かっていました」

二年以上も、とつぶやきながら、シホは袋を開けてみた。手袋だった。赤と緑の毛糸で編んだミトンの可愛い手袋だった。

「それはね、宮下さんがシホちゃんに内緒で、毎晩少しずつ編んだものなのよ。あの不自由な手で、一ヵ月半もかかって……」

手袋は、それほど長い日数をかけたにしては、あまりに小さかった。常人の五倍も時間がかかるという苦しい思いをして、ようやく編みあげた手袋だった。

シホは、小さな手袋を両掌《りょうて》に包み、顔を強く押しつけた。かすかな嗚咽《おえつ》が洩《も》れでた。

「……それで」

と、私が代わりに聞いた。

「宮下さんは、いまどうなさっていますか」

「はい、お元気ですよ。まだ、この病院に入院していらっしゃいます」

シホは顔を上げた。涙で濡《ぬ》れた眼が輝いた。

「会いたい。会ってもいいですか」

シホは、すぐに走りだそうというけはいを見せた。それを修道女が静かに押しとどめた。

「会っても仕方ありません。もうシホちゃんが誰《だれ》なのか、分からないんですよ。この一年ほどで、急にボケが激しくなりましてね。……しきりに大連のことばかり話しています。まわりの人を、みんな大連に住んでいたときの近所の人だと思い込んでね。ご本人は大連にいるんだって思っているんでしょうね」

「大連に……」

「そう。宮下さんは、もう大連へ帰ってしまったんですよ。むかしの大連にね」

カペナウム病院を辞去したあと、自転車の荷台からシホが、雑木林へ寄っていきたい、といった。熱のあるのが心配だったが、私は頷《うなず》いて、自転車を雑木林の入り口のほうへ向けた。

ふたつの悲しみ

杉山龍丸

■すぎやま・たつまる　一九一九〜八七
福岡県生まれ。主な作品『砂漠緑化に挑む』『わが父・夢野久作』
初　出『声なき声のたより』四三号・一九六七年十一月
初採録「国語3」（光村図書出版、二〇〇二年）
底　本『日常の思想』高畠通敏編（筑摩書房、一九七〇年）

私たちは、第二次大戦から二十年たった今、直接被害のないベトナムの戦いを見て、私たちが失ったもの、その悲しみを、新しく考えることが、必要だと思います。

これは、私が経験したことです。

第二次大戦が終り、多くの日本の兵士が帰国して来る復員の事務についていた、ある暑い日の出来事でした。

私達は、毎日毎日訪ねて来る留守家族の人々に、貴方の息子さんは、御主人は亡くなった、死んだ、死んだ、死んだと伝える苦しい仕事をしていた。

留守家族の多くの人は、ほとんどやせおとろえ、ボロに等しい服装が多かった。

そこへ、ずんぐり肥った、立派な服装をした紳士が隣の友人のところへ来た。

隣は、ニューギニヤ派遣の係りであった。

その人は、

「ニューギニヤに行った、私の息子は?」と、名前を言って、たずねた。

友人は、帳簿をめくって、

「貴方の息子さんは、ニューギニヤのホーランジヤで戦死されておられます」と答えた。

その人は、その瞬間、眼をカッと開き口をピクッとふるわして、黙って立っていたが、くるっと向きをかえて帰って行かれた。

人が死んだということは、いくら経験しても、又くりかえしても、慣れるということはない。

いうこともまた、そばで聞くことも自分自身の内部に恐怖が走るものである。

それは意識以外の生理現象が起きる。

友人はいった後、しばらくして、パタンと帳簿を閉じ、頭を抱えた。

私は黙って、便所に立った。

そして階段のところに来た時、さっきの人が、階段の曲り角の広場の隅のくらがりに、白いパナマの帽子を顔に当てて壁板にもたれるように、たっていた。

瞬間、私は気分が悪いのかと思い、声をかけようとして、足を一段階段に下した時、その人の肩は、ブル、ブル、ふるえ、足もとに、したたり落ちた水滴のたまりがあるのに気づいた。

その水滴は、パナマ帽からあふれ、したたり落ちていた。

肩のふるえは、声をあげたいのを必死にこらえているものであった。

どれだけたったかわからないが、私はそっと、自分の部屋に引返した。

次の日、久し振りにほとんど留守家族が来ないので、やれやれとしているときふと気がつくと、私の机から頭だけ見えるくらいの少女が、チョコンと立って、私の顔をマジ、マジと見つめていた。

私が姿勢を正して、なにかを問いかけようとすると、

「あたち、小学校二年生なの。おとうちゃんは、フイリッピンに行ったの。おとうちゃんの名は、〇〇〇〇なの。いえには、おじいちゃんと、おばあちゃんがいるけど、たべものがわるいので、びょうきして、ねているの。

それで、それで、わたしに、この手紙をもって、おとうちゃんのことをきいておいでというので、あたし、きたの」

顔中に汗をしたたらせて、一いきにこれだけいうと、大きく肩で息をした。

私はだまって机の上に差出した小さい手から葉書を見ると、復員局からの通知書があった。

住所は、東京都の中野であった。

私は帳簿をめくって、氏名のところを見ると、比島のルソンのバギオで、戦死になっていた。

「あなたのお父さんは――」

といいかけて、私は少女の顔を見た。

やせた、真黒な顔、伸びたオカッパの下に切れの長い眼を、一杯に開いて、私のくちびるをみつめていた。

私は少女に答えねばならぬ。答えねばならぬと体の中に走る戦慄を精一杯おさえて、どんな声で答えたかわからない。

「あなたのお父さんは、戦死しておられるのです」

といって、声がつづかなくなった。

瞬間少女は、一杯に開いた眼を更にパッと開き、そして、わっと、べそをかきそうになった。

涙が、眼一ぱいにあふれそうになるのを必死にこらえていた。

それを見ている内に、私の眼に、涙があふれて、ほほをつたわりはじめた。

私の方が声をあげて泣きたくなった。しかし、少女は、

「あたし、おじいちゃまからいわれて来たの。おとうちゃまが、戦死していたら、係のおじちゃまに、おとうちゃまの戦死したところと、戦死した、じょうきょう、じょうきょうですね、それを、かいて、もらっておいで、といわれたの」

私はだまって、うなずいて、紙を出して、書こうとして、うつむいた瞬間、紙の上にポタ、ポタ、涙が落ちて、書けなくなった。

少女は、不思議そうに、私の顔をみつめていたのに困った。

やっと、書き終って、封筒に入れ、少女に渡すと、小さい手で、ポケットに大切にしまいこんで、腕で押さえて、うなだれた。

涙一滴、落さず、一声も声をあげなかった。

肩に手をやって、何かいおうと思い、顔をのぞき込むと、下くちびるを血がでるようにかみしめて、カッと眼を開いて肩で息をしていた。

私は、声を呑んで、しばらくして、

「おひとりで、帰れるの」

と聞いた。

少女は、私の顔をみつめて、

「あたし、おじいちゃまに、いわれたの、泣いては、いけないって。おじいちゃまから、おばあちゃまから電車賃をもらって、電車を教えてもらったの。だから、ゆけるね、となんども、なんども、いわれたの」

と、あらためて、じぶんにいいきかせるように、こっくりと、私にうなずいてみせた。

私は、体中が熱くなってしまった。

帰る途中で、私に話した。

「あたし、いもうとが二人いるのよ。おかあさんも、しんだの。だから、あたしが、しっかりしなくては、ならないんだって。あたしは、泣いてはいけないんだって」

と、小さい手をひく私の手に、何度も何度も、いう言葉だけが、私の頭の中をぐるぐる廻っていた。

どうなるのであろうか、私は一体なんなのか、なにが出来るのか？

戦争は、大きな、大きな、なにかを奪った。
悲しみ以上のなにか、かけがえのないものを奪った。
私たちは、この二つのことから、この悲しみから、なにを考えるべきであろうか。
私たちはなにをなすべきであろうか。
声なき声は、そこにあると思う。

幸福

安岡章太郎

■やすおか・しょうたろう　一九二〇〜二〇一三
高知県生まれ。主な作品『海辺の光景』『悪い仲間・ガラスの靴』
初　出『国語教育』一九六七年九月
初採録「中学校現代の国語2　新版」（三省堂、一九七八年）
底　本『もぐらの言葉』（講談社文庫、一九七三年）

いまの子供とちがって、僕らの少年時代は、さかんに親から用事を言いつけられたものだ。僕自身は一人っ子で、わがままに育てられたから、それほどでもなかったが、お使いを言いつかって出掛けることが、子供にとっては一種のリクリエーションをかねている場合だってあった。――道草を食う、このことばは、元来そういう愉しみを言いあらわしたものなのである。

これは僕が中学の四年生か五年生のときのことだ。もう子供とはいえない年齢で、しかしもちろん、おとなになっているわけでもない。そういう中途半端な年ごろになると、もう親からものをたのまれても、うれしいとは思えなくなる。使いに出てみたって、ほかに大して面白いことなぞあるはずがないことを、経験によって悟りはじめるからだ。

そのときも、夕方になって母親から突然、東京へ出てきていたS叔父のために、帰りの列車の寝台券を買いに行くように言いつけられると、まず面倒くせえな、という気がした。この叔父はヘンに気まぐれな男で、僕はこれまでにも彼のおかげで再三、こういう具合に突発的に用をさせられている。

「自分が帰る汽車の寝台券ぐらい、自分でとりに行ったらいいじゃないか」

「また、そんなことを言う。Sさんは、今夜はどうしても人と会っておかなければならない用件があって出掛けちゃったのは、おまえも知ってるだろう。ぐずぐず言っているひまに、早く行っておいで」

母は、ふだんは叔父のことを、あんなにずうずうしい男はいない、などと陰口をきいてばかりいるくせに、こういうときに限って、なぜか叔父の肩を持ちたがる。

母は玄関さきで、叔父から預かった金をふきげんな顔つきで手渡した。僕は、そいつを無造作にたもとにつっこんで——そのころ僕らはふだん着にカスリの着物を着せられていたものだ——、訊いた。

「行くよ、行くからその代わりに、おつりはもらっといていいんだろう」

「さあね、自分で叔父さんに訊いてごらん」

母は冷淡に答えた。どうせガッチリ屋の叔父に、そんなことを僕が言い出せっこないことは、よく知っているのだ。僕は、むっつり黙って外へ出た。すると、とたんに頭に冷たいものが落ちてきた。いつの間にか雨が降り出していたのだ。僕は、ますます憂鬱《ゆううつ》になりながら、引き返すと、重い毛繻子《けじゅす》のコウモリがさを片手にさして、すっかり暗くなった道を歩きだした。

寝台券は国鉄のS駅へ行かなければ売っていない。家からそこへ行くには私鉄の電車で乗り換えなければならないのがやっかいだった。

S駅のキップ売り場のまわりには、いつ行ってみても大ぜいの人が何となくボンヤリと立っている。そのくせ、ちっともにぎやかな感じはせず、かえって混雑していればいるほど逆に陰気で、ものさびしい。おまけに僕は、駅ではたらいている連中が何となく好きになれなかった。改札口のキップ切りでも、私鉄の駅員と違って、ぶっきらぼうで愛想が悪い。まるで人を俵詰めのイモか何かと間違えているような態度だ。それはキップ売りの窓口でも同じことだ。僕は、電車や列車の乗車券、急行券、寝台券、定期など、いろいろのキップ売り場が並んでいるなかから、間違えないようにと思いながら自分の目指す窓口を選んで前に立つのだが、どういうわけか一度で目的が果たせたことがない。僕の買おうとするキップは、いつも必ず右隣か左隣か、あるいははるかかなたの方角の窓口へ並び直さなくては買えないことになっている。それはいいとしても、窓の向こう側にすわっている駅員が、聞きとりにくいくぐもり声で、何かぶつぶつ言いながら、アゴをしゃくって人を追い払うような手ぶりをするのが、やり切れない。

彼らにしてみれば、どの窓口で何を売っているのかはわかりきったことなのだろうが、こちらはキップ買いの専門家じゃないのだから、マゴつくのがあたりまえだ。僕は、おそるおそる一番すみっこの窓口へ行って、教えられた列車の寝台券を申し入れた。

「………」

そろばんをはじいていた駅員は、窓口の鉄格子《てつごうし》ごしに僕の顔を見返した。僕は、もう一度、同じことを言った。

「なんまい」

と駅員は言った。僕は一瞬ためらった。寝台券を一枚しか買わないということが、非常に愚かな、貧乏くさいことのようにも思われた。

「一枚だけでいいんですが」。そう答えたあとで、僕はあわてて、つけくわえた。

「下、下の段のやつができたらほしいんですが、なければ上でもかまいません」

聞こえているのか、いないのか、駅員は顔を横に向けたまま、古びた手あかだらけの棚からノートを出して何か書きこみ、それからおもむろに青いキップに判を捺したり、数字を書き入れたりして、

「…円…十銭」

と、僕の出した金と引きかえに寝台券をよこした。やれやれ、と僕は珍しく一度で用が片づいたことに、ひとまずホッとして、受け取った寝台券をたもとにしまいながら、すぐまたそれが、ちゃんとたもとの中におさまっているかどうかが気になった。その瞬間、僕はドキリとした。やわらかいたもとを探った手に、硬いボール紙の感触があって寝台券のあることはたしかめられたが、窓口の台の上に、さっき僕が出した五円紙幣がまた載っていたからだ。いや、それはさっき出した札とは違う、たしかに別の五円札だ。

駅員の頭の真上のあたりに、長いコードでつるされた電灯が緑色の笠をかぶってブ

ラ下がっていた。しかし、石の台の上に置かれた五円札は、あきらかに僕が家を出るとき母から渡されたものとは同じでない。駅員は、その紙幣の上に何枚かの五十銭銀貨や十銭五銭の白銅貨を、もの慣れた手つきで重ねていた。

ちゃりん、と最後の銅貨が石の台に当たってたてる音が、僕の胸の底まで刺すようにひびいた。僕は心臓の血が全部いっぺんに頭の中にこみ上げてくる気がした。そして台の上の金を手の中に握りしめるが早いか、大急ぎで窓口をはなれた。——しめた、駅員のやつ、つり銭を間違えやがった。

僕は、ほとんど夢中で駅前の人込みの間をすりぬけた。

自分の手の中に、自分の使っていい五円札がある——。あらためて僕が、そんなことをハッキリと考えられるようになったのは、もう高架線のガードが完全に町の建物のかげに隠れて見えなくなってからだ。それまでの間、僕はただ駅員がつり銭の間違いに気がつき、追い駆けてくることだけを惧《おそ》れた。しかし、もうここまで来れば、その心配はなかった。曲がり角の店で、赤いトンガリ帽をかぶった甘栗屋の人形が、電気仕掛けで首を振りながら、それと一緒に手に持った鈴を鳴らしていた。

——思いがけないことって、あるものだな。駅員は僕の出した紙幣を十円札だと思いこんだ。それでつりに五円七十何銭かをよこしてしまった。僕は窓口の石の台の上に、五十銭、十銭、五銭の銀貨、白銅貨が投げ出すように置かれていった有様を、もう一度思い浮かべて愉しんだ。僕の想像の中で、次から次へ投げ出された貨幣が山になって、無限に高く積み上げられてゆくように思われた。しかも、その銀貨、白銅貨の山は、どれほど高くなっても、まだそのかたわらに手つかずのままに置かれた五円紙幣には及びがたい。こいつは僕が完全に自由に使える金だからだ。

ちゃりん、ちゃりーん……。

甘栗屋の人形の鈴の音《ね》は遠くなった。だがもちろん、僕はこの五円で甘栗を買おうなんて気にはなれない。どうせ買い物をするなら、ウォーターマンの万年筆か、ゾーリンゲンの鹿の角の柄《え》のついたナイフでも買った方がいい。しかし、今さら僕はそんなものもほしくはなかった。それよりも僕は最近、鮨《すし》の立ち食いの味をおぼえていた。九段の中学校から歩いて二十分ばかりの距離の、狭い横丁を入ったところに、小さな屋台を出した鮨屋がある。僕は学校のかえりにそこへ寄り、中トロの鮨を食うのが何となく好きになった。竹の茶こしで入れたお茶を大きな湯のみで飲んでいると、もう中学生ではなくなった気分になる。帰りがけにショウ油でよごれた指を、のれんの端でふいて出てくる。そしてスマした顔でカバンを抱え、本当は飯田橋から乗る電車に市ヶ谷から乗って家へかえる。

しかし、その鮨屋では、一番高いエビだの赤貝だのをにぎった鮨でも一個五銭で、他のはみんな一個三銭だ。エビも悪くないが、僕はシャコの方がエビよりうまいと思うときがあるし、赤貝よりはトリガイの方がずっと好きだ。五円でいったいシャコや、コハダや、中トロの鮨が、どれぐらい食えるかと思ったら、とたんにいささかギョッとした。とにかく、こん晩はこれで帰ることにしよう。金の使いみちはあとでユックリ考えたらいい。

僕は、心ゆたかにそう思い、私鉄の駅の階段をのぼった。ちょうど電車が出たばかりで、ホームは空《す》いていた。ベンチにねんねこで赤ん坊をおぶった女の人がひとりですわっていたが、そのかたわらへ行って腰掛けようとすると、竹箒とチリ取りを持った駅員がやって来たので、僕はベンチから遠のいた。駅員は制服が不恰好に大きすぎ、ダブダブの襟から細い頸《くび》がのぞいていた。年齢は僕より下らしかった……。そのとき、どうしたことか僕の目の前に急に、さっきのS駅の窓口にいた駅員の顔が浮かんだ。

ぶっきらぼうだった横顔の頬のあたりの黄色い肌の色が、何だかひどく疲れ切った感じで憶い出され、ふとあの駅員が家に帰ると、病気の母親が待っていそうに想われた。駅員は、ダイダイ色の薄暗い電灯に、母親がわきの下にはさんだ体温計をかざして見るだろう。いくら注意して眺めなおして見ても体温計は昨晩と同じ目盛りを指しており、破れた蒲団《ふとん》に熱臭いにおいがこもっているのをかぎながら、「ああ、おれも疲れた」とつぶやく……。僕は、そんなことをほんの一瞬の間に空想した。そして、いったん入った私鉄の改札口を出ると、まっすぐS駅の方へ向かった。

S駅のキップ売り場のまわりに、人影はまばらになっていた。僕は窓口に近づきながら、さっきの駅員がまだ同じ処にすわっていてくれることを祈った。陰気な鉄格子からのぞきこむと、まだそこに彼はいた。僕は、さっき五円札を出して買った寝台券のつり銭に五円札が入っていたことを話し、ただしそれは売り場をはなれてしばらくたってから気がついたことにして、

「これ、おかえしします」

と、紙幣を窓口にさし出した。

最初、駅員は何のことかわからなかったらしく、けげんそうに僕を見返していたが、やがて、

「あれ、そうでしたか?」

と、自分のあやまちに気がつくと、たちまち恥ずかしそうな、それでいて愉快そうな笑いを顔一面に浮かべながら、

「や、どうもすみません、わざわざ……」

と、礼を言って五円札を受け取り、紙幣をピンとのばして指先で弾《はじ》いたついでに、その指で自分のおでこも軽く叩いて、

「陽気のかげんか、ここんところ、おれもどうもイケねえや。ほんとに、すみませんでした」

と、もう一度、僕にお辞儀をした。――思いがけないといえば、こういう僕の気持ちこそ本当に思いがけないことだったのかもしれない。そんなに礼を言われて、はじめは逃げ出したい気持ちばかりだったが、S駅のキップ売り場をはなれて、また私鉄の駅の階段を上るころから気分が落ち着いてきたせいか、頭の中がスッキリとして、すがすがしい心持ちになってきた。いつの間にか雨はあがり、僕はホームの真ん中よ

り先の方へ出て、夜空を仰ぎながら胸いっぱい空気を吸いこんだ。肺の中で一つ、

「カーン」

と、澄んだ鐘の音が聞こえるような感じだった。僕は心の底から湧いてくるよろこびに満足した。電車が走り出し、目の下に家々の小さな灯《ひ》がマタタいているのを見ても、この満足感は新しい形で、よみがえった。

ああよかったな——。

僕は何よりも、窓口の鉄格子の向こう側にすわっていた駅員の横顔が、こっちを振りかえって笑ったとたんに、ひとりの普通の青年の顔になって感じられたことが、意外でもあったし、うれしい気もした。

このよろこびはむろん、家へ帰りついても消えずに続いた。

「ただいま」

玄関の戸をいきおいよく開けると、僕はタタキに立ったまま、出迎えた母に寝台券とつり銭を渡しながら、こん晩の出来事のてんまつを話して聞かせた。

「いやあ、そのときの駅員の顔つきったら、なかったよ。こっちもテレ臭かったけれど、向こうはそれ以上にすっかりテレて、逆上しながらよろこんでやがんのサ」

だが、母は僕の話に一向、何の感動もあらわさなかった。のみならず、僕の渡したつり銭と僕の顔とを不思議そうに何度も見較べたあげく、とうとう、

「馬鹿だねえ、おまえは——」と世にも腹立たしげな声で言った。

「さっきおまえに渡したのは、あれは十円札なんだよ」

僕は、目のまえで灯が消え、急にあたりが真っ暗くなる気がした。

あれから、もう三十年近くたつ。あのころから見るとS駅のまわりも、僕自身もすっかり変わった。あのころはまだS駅の近くに八階建てのデパートが一軒たっているのが珍しかったぐらいで、田舎のにおいのする郊外電車との接続駅にすぎなかったが、いまは林立した高層ビルが駅のまわりを幾重にもとり囲み、キップ売り場の前の広場のあたりに、地下道が張りめぐらされて、冷たいヘンな臭いのする商店街になっている。そして僕自身は白髪まじりのおやじになった。けれども僕の中身はどう変わったか、変わらないか、自分ではさっぱりわからない。

あんなことがあってからも、たびたび僕はあれと同じようなトンマな失敗を繰り返しながら、今日まできた。あのころでも僕は、決して純な正直な心持ちであったわけ

ではなく、結構ズルくて、意地汚く、そのくせ時どきヘンな空想癖を発揮して、常識では考えられないマヌケなことを仕出かす少年だった。それはいまでも変わりないように思う。しかし、この空想癖がなかったとしたら、僕はいまより一層どうしようもなくとりえのない人間になっていたかもしれない。あの晩、返す必要もなかったつりの五円札を、夜遅くS駅まで取りにやらされたときの具合の悪さと、ナサケない気持ちとを、昨日のことのように憶い出しながら、そう思う。

あれ以後、あのS駅の窓口の駅員とは一度も会っていないが、あのときの彼の笑顔はまだ忘れられない。そして、あの笑顔を見ることの幸福は、五円札では買えないものだと考えて、僕は自分で自分を慰めてみることにしている。

おふくろの筆法

三浦哲郎

■みうら・てつお　一九三一～二〇一〇
青森県生まれ。主な作品『忍ぶ川』『盆土産と十七の短篇』
初　出　『家庭画報』一九七六年十月号
初採録　「国語３」（光村図書出版、一九八四年）
底　本　『三浦哲郎自選全集』第十三巻（新潮社、一九八八年）

おふくろは、紙になにか文字を書くときはきまって鉛筆で書いていた。鉛筆以外の筆記用具——毛筆だとか、万年筆だとか、ペンだとかが、家になかったわけではない。けれども、おふくろはいつも鉛筆を使っていた。それも、手のひらのなかにすっぽり隠れてしまうほどにちびた鉛筆ばかりで、芯もまるくなったのを使っていた。

それでは書きにくいだろうから、すこし削ってやろうかというと、いらないという。芯が尖っていると、いまにも折れそうな気がして、思うように書けない。それに、書くといってもべつに大したことを書くわけでもないのだから、放っといてくれとおふくろはいった。

実際、おふくろは鉛筆を使うといっても、大したことを書くわけではなかった。つまり、文章なんぞを書くわけではなかった。手紙だって文章だから、おふくろは手紙を書くわけでもなかった。私は、おふくろが誰かに手紙や葉書を書いているのをいちども見たことがなかった。それではなにを書くのかというと、忘れないためのちょっとしたメモのたぐいである。ひさしぶりに手紙をくれた人の住所とか、買物の品目とか、漬け物を漬け込む日程とか、そんなものを古封筒の裏や、新聞紙のきれはしや、剥いだ日めくりの余白などに書き留めていた。

おふくろは、明治の小学校を出ただけで、文字など書くのは苦手であった。たとえちょっとしたメモのようなものでも、それを書くときは難渋した。見ていると、まず鉛筆の芯をちょっと舐める。それから、力を入れてごしごしと書く。すぐ、つかえる。鉛筆の尻で頭を掻く。また、ごしごしと書く。つかえる。今度は左右の腕をぽりぽりと掻く。

「なるほど、かいてるなあ。」といって冷やかすと、「黙ってなせ。」と、おふくろは怒る。覗いて見ようとすると、「駄目《わかんね》。」といって、子供のように両手で隠す。だから、私は、二十《はたち》を過ぎるころまで、おふくろが書いた文字を見たことがなかった。自分のおふくろがどんな文字を書くのか知らなかった。

私は、郷里の高校を出ると、東京の大学に進学した。けれども、学資を貰っていた兄に不都合なことがあり、一年だけで中退して郷里へ帰って、中学校の助教員を二年勤めた。それから、また一年間、受験勉強をして、おなじ大学へ入り直した。ちょうど最初の級友たちが卒業したあとへ、私はまた一年生として入学したわけである。

私は、廉い学生寮に入っていた。寮生はおおむね貧乏で、みな郷里からの送金を待ちかねていた。郵便配達が門を入ってくると、どの部屋の窓も一斉に開いて、「俺、〇〇、きてない？」「××ある？」そういう声が飛び交った。私には、毎月二度に分けて、ぎりぎりの生活費が届いた。それにはいつも父の手紙が入っていた。父は若いころから商家の帳簿を付け馴れていて、達筆であった。文面も律義そのもので、必ずどこかに浪費を戒める文句が入っていた。

ところが、あるとき、いつものようにして届けられた書留の封筒を開けてみると、いつもよりすこしすくない金額の為替と一緒に、ついぞ見馴れない鉛筆書きの手紙が出てきた。

『前略。お元気でしか。父さんがとちぜん病気で倒れますたすけに、わたすが代って手紙を書きまし。……』

手紙はそう書き出されていた。いうまでもなく、おふくろが自分で書いた手紙である。私は、おふくろは手紙など書けないと思っていたから、はらはらしながら読んでる。

みた。父が脳軟化症で倒れたときの様子が、こまごまと書かれていた。手紙の常識に囚われずに、自分の見たままを残らず知らせようとする文章が期せずして迫力に富んだ描写になっていた。何事もまるで目に見えるように書かれていた。私は読み終って驚いた。

おふくろの手紙は、田舎言葉がまる出しになっているところを除けば、まず、よい手紙だといってよかった。よく見ると、鉛筆の文字には一つ一つに濃淡があり、芯を舐めながら一字々々力を籠めて書いたことがわかった。これだけの手紙を書くのに、おふくろは何日夜ふかしをしただろうかと私は思った。鉛筆の芯で頭を掻いているおふくろが、目に浮かんだ。両腕を掻くぽりぽりという音が耳の奥によみがえった。

あのときの、あのおふくろの手紙が忘れられない。

父はもうとっくに亡くなって、おふくろは今年八十四になるが、いまでも時々郷里から鉛筆書きの手紙をよこす。相変らず芯を舐めながらごしごしと書いた手紙で、いまだに田舎言葉まる出しである。甚だ郷愁をそそる手紙だというほかはない。

私が哀号と呟くとき

五木寛之

■いつき・ひろゆき　一九三二〜
福岡県生まれ。主な作品『蒼ざめた馬を見よ』『青春の門』
初　出　「毎日新聞」一九七〇年四月十九日、二十六日
初採録　「伝え合う言葉　中学国語３」（教育出版、二〇〇六年）
底　本　『五木寛之エッセイ全集』第四巻（講談社、一九七九年）

1

二、三年前から出版物の推薦文を書けという依頼がちょくちょくくるようになった。これも仕事のうちであるから、よほど忙しい場合をのぞいて引受けることにしてきた。まあ一種のコマーシャルなのだが、それが本の場合は他の商品のCMをやるのと少しちがう感じがあって、こちらもそれほど抵抗なしにやることができるのである。

昔、CMソングを書いて生きていたころ、なんとはなしに気持ちに引っかかることがあった。CMだから、と言えばそれまでだ。しかし、やはり何となく気になっていた。それは同じ種類の商品のCMを、重ねて、同時に書いたりするような場合にそうだった。

時には競合する商品のときもある。自動車やテレビなどは、まあ何ということはない。あんなもの、どっちを買ったところで人間の存在そのものにかかわる問題じゃないという意識が頭のすみにあるからだ。

ところが、これが乳児用のミルクだとか、風邪薬だとか、そういった商品となると、ちょっと引っかかる。CMソングがそれほど買い手の選択に影響するとは思えないのだが、やはり気になった。言葉や文章を駆使して、勝手なことを言うというしろめたさのようなものもあったのかもしれない。何しろ、世の中でこれが最高！　絶対！　みたいなことを書くのである。そいつを作りおえて、舌の根も乾かぬうちに、また別な商品をほめたたえ押しつけるのだから、やはり気になる。

〈きのう勤皇　あしたは佐幕――〉

といった、いささか自嘲的な心情だった。CM作りの仕事から足を洗った時は、正直ほっとした。それがあるので、小説を書いて食えるようになってからは、特別なケースをのぞいて、ほとんどコマーシャルの仕事をしたことがない。中には年間二千万円出すからという物好きな話もあったが丁重にお断りした。

これが本の場合となると少しちがう。それは私自身、本というものが無闇やたらと好きだという個人的な事情もあるし、またいわゆるCMを書くのとは少しちがった楽しみもあるからだ。どこがちがうかといえば、本の場合は、自分が気に入らなければ推薦を断ることができるからである。いろいろと義理や人情がからんでつらい時もあるが、やはり丁重に辞退することもある。それは仕方がない。そのたびに世間をせまくするような実感があるが、別に世間を広く生きたところでそれがどうなんだというなかばやけくそな気持ちも心底にある。

推薦文を書くとなると、一応ゲラ刷りか何か読まなくてはならない。これが薄っぺらな本ならどうということはないのだが、時にはどうにもならない種類の本がある。いくら活字好きの私をもってしても、手におえないというしろものだ。

それはつまり、あの威風堂々たる百科事典というやつなのである。私はある年、この百科事典の推薦文を書けと言われて悩みに悩み抜いた経験があるのだ。そうではありませんか。あの百科事典のゲラ刷りをもし全部読むとしたら、私はほかの一切の仕事を断ってそれに没頭しなければならないだろう。もっとも、それもなかなか魅力的な作業ではあるのだが。

百科事典の推薦を頼まれたとき、私はどうそれを切抜けたか。たとえそれがどんな名の通った出版社であろうとも、不見転《みずてん》でそれを推すだけの度胸は私にはなかった。いや、正直な話、昔CMソングを書いていた時代は、そんなことなど、へのかっぱだった。私はあるブルドーザーやクレーンを作っている会社のCMソングを書いたことがある。しかし、私はパワーショベルやトレーラーを日常つかいこなすほど気宇壮大な人間ではない。ブルドーザーやクレーンを動かしたことも一度もなかった。

にもかかわらず、私は堂々たる、力と自信に満ち満ちた勇壮なCMソングをものした。それはわれながら実感あふれる名コピーで、かりに私がブルドーザーの運転手だったら、会社に頼んですぐにでもその機械を買いたくなるような出来ばえだった。その勇壮なマーチ風のCMソングを耳にするたびに、私は何となく首をすくめ頭をかくような感じになったものである。

その私にして、たかがパワーショベルのひとすくいにも満たない百科事典で困惑することはないではないか。私の手もとには、その百科事典の、最初の何十ページかのゲラ刷り見本があった。それはあの百科事典の全部の分量からすれば、お話にならぬ程度のものだった。私はそれを理由に、その仕事を断ることもできたかもしれない。相手に電話をして、これっぽっちの分量を読んだだけで推薦はできない、と、いかにも良心的な口調で宣言すればいいのである。たとえばこんなふうに。

「えー、ぼくはいつも必ず全部に目を通してでないと推薦文は書かない主義なんですが」

しかし、それはまずい。ではあんたは全種類の推薦文を書く時にすべてを読んで書いているのかと詰問されれば答えようがない。それに、相手がひねくれたサムライで、こんな返事をしたらどうしよう。

「そうですか、結構です。それでは百科事典のゲラが上りしだい全部持ってあがることにいたしましょう。そのかわりその全部に綿密に目を通していただけるんでしょうね」

これをヤブヘビという。そんなことをされたら一巻の終りだ。ではどうすればいいのか。

そこで私は一計を案じた。つまりよく食通がやる式の、ひとつまみつまんで全体の味をおしはかる、あのやりかたを試みてみようと考えたのである。

私は以前、市場調査の仕事をやっていた時代に、無作為抽出という、きわめて当てにならない調査方法をしばしば用いて商品の知名度や普及率を調べたことがあった。そのことを思い出したのだった。つまり、目をつぶって、エイッとどこかの項を指でおさえ、その項に関してその百科事典がどれだけ良心的な解説を行なっているかを見る。そうなれば、何となく全体の水準が推しはかれるのではなかろうか。昔から、一事が万事という諺もあることだし、こんどはそれでいこう。

こいつはいい、と私は膝を打ってニコニコした。それで自分のちっぽけな良心を適当にごまかすこともできるし、相手にも、もっともらしい顔をすることができる。電話で担当の編集者におごそかな口調でしゃべってやるのだ。

「あの百科事典に関してですね、私は無作為抽出法による近代的リサーチを適用し、エー、厳密なる調査の結果、この短い推薦文を書いたのであります」と。

そこで私は、くだんのゲラ刷りの見本を机の上にひろげて、目をつぶり、エイヤッとばかりに指で勝手なところを押さえた。だれかが見ていたら、きっと蚤《のみ》でもつかまえているような恰好だったにちがいない。

さて、私は快心の笑みをもらしつつ目をあけた。指を離すと、アの項である。最初の数ページだから当然だ。

〈アイエムエフ＝IMF〉国際通貨基金、というやつがでてきた。これは困る。私は全く経済の常識がないので、説明を読んでもどうにも判断がつかないのだ。

目をつぶって、もう一度やり直した。こんどはアイコノスコープという文字を押さえた。これもだめである。そうではないか。だれが百科事典のどこでもめくって、その各項について良否を判断できるでありましょうか。よほどの天才か偏執狂でなくては無理な仕事だ。

私はあきらめて、そのゲラ刷りを絶望的な心境で眺めた。何が無作為抽出法だ。こんな百科事典の推薦文を自信を持って書ける人物がいたら、その顔を拝見したいものだ。冗談じゃない。これだけの何ページかのうち、私が少なくとも何らかの判断をくだすことのできる項は、ただの一つもないではないか。

その時、なんとなく、ゲラ刷りの中の、ある文字がふっと浮びあがってくるような気がした。目をこすって見ると、〈あいごう＝哀号〉という字が読めた。哀号、あいごう、アイゴウ……と、私は何回か口の中で呟《つぶや》いてみた。すると、突然、ああこれだ、という気がした。そして、その言葉とともに、私の過去のさまざまなイメージが、音もなく頭の裏の暗いところをかすめて流れはじめた。

哀号。

それは、私が幼年期を過した朝鮮でよく耳にした言葉だった。朝鮮の人びとがその言葉を口にする場面を、幼かった私は数えきれないほど見た記憶がある。そして、そのいろんな場面での哀号は、この語感のさまざまなニュアンスを感覚的に私に理解させた。

　どんな場合に彼らは哀号と叫んだか。文字どおり、哀しみの号泣のこともあったし、鋭く短い、とっさの叫びもあった。また時にはユーモラスに叫ぶ哀号もあったし、ぽつんと声に出さずに唇の形だけで洩らすこともあった。

　そのさまざまな哀号と、私は自分の日常生活の中で出合ってきている。そのため、この哀号という言葉に関してだけなら、私は優に大学教授とでも議論しあえるだけの体験と知識を持っている自信があった。

　私はその事典の、哀号という言葉の解説を読み、それが正確で要領よくまとめられていることに感心した。微妙なニュアンスをその短い解説に求めることは当然できない。しかし、私の読んだ限りでは、限られた行数で哀号を説明することは、ひどくむずかしいことだと思う。そのゲラ刷り見本の文章は、そのむずかしい仕事を、かなりの程度にうまく果しているように私には思われた。

　私は心の中でちょっと首をすくめるような気分を味わいながら、その百科事典の推薦文を書きにかかった。

　まあ、はっきり言って、本を買う読者は他人の推薦文など当てにはしていないであろう。まして世界中のだれが百科事典の責任ある推薦などできるものか。

しかし、私は私が推薦文を書いた百科事典の、アのページのごく一部に関してだけなら、ある程度の責任を持つつもりでいる。私は、その哀号という言葉を一度だけ、本当に反射的に使ったことがあった。その時の記憶は、いつまでも抜けない皮膚の下にもぐったトゲのように、いまだに私の体内にひそんでいる。その小さな事件について、書いてみたい。そのことを思い出すたびに、私は思わず口の中で哀号と呟いて肩をすくめずにはいられないのだ。

2

戦争が終ったとき、私は中学の一年生だった。私はいずれ爆薬を抱いた軍用機で、本土に攻めよせる敵艦に体当りして死ぬだろうと、勝手に自分の将来を決めていた。反戦も厭戦《えんせん》もなにもない。それ以外に自分の未来などというものが、全く想像できなかったのである。それは恐らく私がもう二、三年上の年齢だったら少しは違っていたのかもしれぬ。だが、当時の私は、まぎれもなく戦争の中で育ち、戦場で死ぬことを頭からなんの疑いもなく信じ込んでいた中学生の一人だった。いまにして思えば、いろいろ理屈は出てくる。しかし、人間の心理状態を決めるのは、ひとつの状況であって、論理ではない。私はどんなに戦局の不利が伝えられようと、日本が負けるなどということは夢にも考えたことがなかった。

それは私の父もそうだったように思う。ひょっとしたらすでに敗戦を予感していながら、私たちに知らんぷりをしていたのではなかろうか、と後で考えてみた。だが、やはりどう判断しても私の父は戦争が最後まで日本の勝利に終ると信じこんでいたとしか考えようがない。それは当時の日本人の思いあがりだったかもしれないし、また愚かさだったのかもしれない。だが、事実は事実である。

戦争が負けたとわかった時、びっくりした。ほっとしたのでもなく、がっかりしたのでもない。正直言って、ただびっくりしたのである。そしてその日から、周囲の様子がたちまち一変した。

私たち一家は、敗戦の時、朝鮮の平壌に住んでいた。当時の平壌府である。外地での敗戦体験については、すでにいろんな人が語っている。私もそれについて何度も書いた。それは、要するに昨日までの黒が一挙に白にひっくり返ることであり、強者が弱者に、支配者が囚人に、そしてこれまで悪とされていたことが英雄的行為とみなされる劇的なドンデン返しの体験だったと言える。私たちはそれまで、日本語の世界に住んでいた。すべての朝鮮人は陛下の赤子であり、日本人であるとされていた。したがって日本語をしゃべることが強制され、朝鮮人はその姓名まで日本風のものに改めなければならなかった。

私は一度、朝鮮人の学生が教師だった私の父親に、殴られるのを見たことがある。彼は殴られた瞬間、思わず、哀号！　と反射的に小さく叫び、そのことでまた前よりもいっそう激しく殴られたのだった。

「朝鮮語を使うな。アイゴーとはなんだ」

と、私の父は目を細めるようにして意外に静かな口調で言い、その冷静さがかえって見ている私に強い印象をあたえた。

「足をひらけ。歯を食いしばれ。いいか」

と、私の父は当時の教師たちが生徒を殴るときにいつも言う言い方をした。そしてその朝鮮人の学生が命令されたとおりにすると、正確に肩の力を抜いて、よくきくそうな一撃を加えた。すると、不思議なことには、殴られた学生が、ふたたび小さな声で、哀号！と呟いたのである。

「よし、そうか。そういうことか」

と、私の父は、かすかに笑いながらうなずいた。それから不意に唇を固く結んで、こんどはかなり力をこめた一撃を相手の頬にあたえた。朝鮮人の学生は、二、三歩たたらを踏んで姿勢を立てなおすと、またもや、哀号、と、泣き笑いのような妙な表情で言ったのだった。

あの時の根くらべのような朝鮮人学生と私の父との一幕は、その後ながく私の記憶の暗部に黒くしみついて残った。その時、あくまで哀号、とつぶやき返した朝鮮人の学生が屈服したか、それとも個人的にはきわめて誠実な教師だった私の父親が根負けしたか、私は憶えてはいない。いずれにせよその時の、殴る側と殴られる側との、泣き笑いのような奇妙に屈折した表情が小学生だった私の中にトゲのように残ったのだった。

植民地における日本人について、これまでさまざまな言われかたがなされてきた。

それは時には自己批判であり、時にはそのことへの弁明であったりもした。

だが、私自身、幼い頃からある借りを背負って生きていた、という実感はある。日本人の教師が殴ったのは、朝鮮の子弟だけではない。まったく同じように私たちも鉄拳制裁というやつを受けたし、気合いを入れられることは日常のことだった。

にもかかわらず、日本人が日本人を殴ることと、日本人が異民族、ことに支配している土地の民族を殴ることとの間には、はっきりとことなった部分がある。それは、私たちが配属将校に殴られるのは、個人として殴られるだけだが、朝鮮人が日本人に殴られるということは、ひとつの民族として傷つけられる部分があるということになるのだろう。私の父親は、かなり熱心な教育者であり、卒業生や在学中の生徒の父兄の間でもむしろ一種の好感をもってむかえられていたと思う。だが、そういった個人的事情と、対民族の状況とは、また別な視点で眺めなければならないことなのだ。

私は過去の日本人の立場を、いわゆる原罪意識でもってふり返る気持ちはない。だが、そこを抜きにして私の物の考え方、感じ方は成立しないし、これからもそうではないかという気がする。哀号、という文字が活字の中から浮き上って見えてきたのも、おそらくその証拠であるにちがいない。

私は一度、哀号、という叫び声を思わず発したことがある。それは、私が平壌の郊外を流れる普通江という河の水防工事から帰ってくる途中だった。

敗戦後、ソ連軍がはいってくると、間もなく目ぼしい家屋の接収が行なわれ、私たちはあちこちの建物にまとまって収容された。そして夏が過ぎ、冬が近づくころ、平壌の街は満州から南下してくる日本人難民の群れではちきれそうになっていた。私は父親にかわって、人民委員会から割当てられる労働供出の義務をはたすために、その水防工事に参加していたのである。

その日、私は知人から借りた自転車を押して歩いていた。場所はどのへんだったか、はっきり憶えていない。低い土塀と藁《わら》ぶきの家並みが曲りくねって続いている坂の多い村落の一画だったような気がする。すでに冷え冷えとした空気には長い冬の予感がにじみ、地面に低く這《は》うように流れて行くオンドルの煙がいがらっぽく喉を刺した。あのオンドルの紫色の煙の縞《しま》の中を、自転車を押して行くと、その煙がまとわりつくように足もとで小さな渦《うず》を作るのだ。

私はひどく憂鬱《ゆううつ》な沈んだ気分で、水たまりの多いぬかった坂道を登って行きつつあった。それは慢性的な空腹感でもあったし、また折角《せっかく》借りてきた自転車の前輪のタイヤが途中でパンクしてしまったためでもあった。私はその自転車の借り賃として、一日の労働の報酬としてもらう高粱《コウリャン》の半分を渡す約束をしていたのである。自転車の持主は、たぶんきびしくパンクの責任を追及するにちがいないと思われた。私はぼんやりとそのことを考え、またいつになったら内地へ引揚げられるのだろうか、などと考えながら、夕闇が重くあたりを包みはじめた集落の中を通過しようとしていた。

そのとき突然、自転車の前輪に鈍いショックがあった。ぼんやりしていた私が驚いて顔をあげると、白い服を着た中年の朝鮮人の婦人が、私をにらみつけるようにして立っている。どうやらうっかりして、向こうからやってきたそのおばさんの白衣に、泥によごれた自転車の前輪をぶつけた様子である。街灯にすかしてみると、白い服の膝のあたりに、黒々と泥のあとが見えた。

「哀号！」

と、その時、私は思わず小さく叫んだ。

思わず、と書いたが、それは一瞬の反応だったからそう書いたのである。その言葉が私の口をついて出る何分の一秒かの短い時間に、私の頭の中で素早く働いた反射的ともいえる一瞬の心の働きは、もっと複雑なものだった。

私は、瞬間的に、哀号と叫んだ。そして後は何も言わずに、軽く頭をさげて通りすぎようとした。私は自分を日本人と相手にさとられたくはなかったのである。服装では判断がつかない。朝鮮人の少年と思われれば、それはちょっとしたミスですむだろう。だが、もし、こっちが日本人だとわかったら、どうなるか、ひどく恐ろしい気がしたのだった。

その地区は昔からの朝鮮人だけの集落で、敗戦前もあまり日本人たちが立ち入らなかった貧しい地帯だった。通行中にどこからともなく石ころが飛んできたり、窓から黙ってにらみつけられたりする場所なのだった。私はそれを知っていながら、遠回りをするのがいやさにそこを通り抜けようとしていたのだ。

もしもその時、そのおばさんが私に文句をつけようと思えば、それは簡単だった。大声で私をののしり、日本人が自分にこんなことをした、と叫べばいい。集まってくる朝鮮人たちが、今や立場の逆転した私にどういう態度で出るか、私はその想像におびえたのである。そして私は、哀号、と、いかにも朝鮮人らしい発音で呟き、頭をさげて素早く通り過ぎようとしたのだった。その時、相手のおばさんは、ちょっと眉をひそめるようにして私をみつめた。それから、肩をすくめ、首を振って舌打ちすると、仕方がない、といった表情で私の横を通り抜けて行った。

〈うまく行った〉

私はがくがくする足もとを踏みしめながらその場を離れようとした。うまく朝鮮人に化けおおせたという気持ちが、私の心をくすぐった。私の背後で、おばさんが何か言う声がきこえたのは、その時だった。

「日本人ノクセニ」

と、その声はきこえた。はっきりした日本語だった。私は思わずふり返ってみた。白い服はゆらゆらとオンドルの煙に捲かれながら坂をくだって行こうとしていた。私はその時、自転車を投げ出して、わあっと大声をあげて坂道を駆け出したいような気がした。

「日本人ノクセニ」

と、吐きすてるように呟いたあのおばさんの声が、ときどきふっときこえる。

「日本人ノクセニ」

それを思い出すと、反射的に、哀号、という呟きが出てきてしまう。哀号、とは、私にとって、そんな響きを持った言葉である。ただ単に、哀しみや嘆きの表現ではなく、もっと複雑に入り組んだやりきれない言葉なのだ。

哀号！

字のない葉書／ごはん

向田邦子

■むこうだ・くにこ　一九二九〜八一
東京生まれ。主な作品『父の詫び状』『思い出トランプ』
初　出　字のない葉書　『家庭画報』一九七六年七月号
ごはん　『銀座百点』一九七七年四月号
初採録　字のない葉書
「中学校国語1」（学校図書、一九八七年）
「国語2」（光村図書出版、一九八七年）
ごはん
「新編新しい国語3」（東京書籍、一九九七年）
底　本　『向田邦子全集』第五巻、第六巻（文藝春秋、二〇〇九年）

字のない葉書

死んだ父は筆まめな人であった。

私が女学校一年で初めて親許を離れた時も、三日にあげず手紙をよこした。当時保険会社の支店長をしていたが、一点一画もおろそかにしない大ぶりの筆で、

「向田邦子殿」

と書かれた表書を初めて見た時は、ひどくびっくりした。父が娘宛の手紙に「殿」を使うのは当然なのだが、つい四、五日前まで、

「おい邦子！」

と呼捨てにされ、「馬鹿野郎！」の罵声や拳骨《げんこつ》は日常のことであったから、突然の変りように、こそばゆいような晴れがましいような気分になったのであろう。

文面も折り目正しい時候の挨拶に始まり、新しい東京の社宅の間取りから、庭の植木の種類まで書いてあった。文中、私を貴女と呼び、

「貴女の学力では難しい漢字もあるが、勉強になるからまめに字引きを引くように」という訓戒も添えられていた。

褌《ふんどし》ひとつで家中を歩き廻り、大酒を飲み、癇癪《かんしゃく》を起して母や子供達に手を上げる父の姿はどこにもなく、威厳と愛情に溢れた非の打ち所のない父親がそこにあった。

暴君ではあったが、反面テレ性でもあった父は、他人行儀という形でしか十三歳の娘に手紙が書けなかったのであろう。もしかしたら、日頃気恥しくて演じられない父親を、手紙の中でやってみたのかも知れない。

手紙は一日に二通くることもあり、一学期の別居期間にかなりの数になった。私は輪ゴムで束ね、しばらく保存していたのだが、いつとはなしにどこかへ行ってしまった。父は六十四歳で亡くなったから、この手紙のあと、かれこれ三十年つきあったことになるが、優しい父の姿を見せたのは、この手紙の中だけである。

この手紙も懐しいが、最も心に残るものをと言われれば、父が宛名を書き、妹が「文面」を書いたあの葉書ということになろう。

終戦の年の四月、小学校一年の末の妹が甲府に学童疎開をすることになった。すでに前の年の秋、同じ小学校に通っていた上の妹は疎開をしていたが、下の妹はあまりに幼く不憫《ふびん》だというので、両親が手離さなかったのである。ところが三月十日の東京大空襲で、家こそ焼け残ったものの命からがらの目に逢い、このまま一家全滅するよりは、と心を決めたらしい。

妹の出発が決まると、暗幕を垂らした暗い電灯の下で、母は当時貴重品になっていたキャラコで肌着を縫って名札をつけ、父はおびただしい葉書に几帳面な筆で自分宛の宛名を書いた。

「元気な日はマルを書いて、毎日一枚ずつポストに入れなさい」

と言ってきかせた。妹は、まだ字が書けなかった。

宛名だけ書かれた嵩高《かさだか》な葉書の束をリュックサックに入れ、雑炊用のドンブリを抱えて、妹は遠足にでもゆくようにはしゃいで出掛けて行った。

一週間ほどで、初めての葉書が着いた。紙いっぱいはみ出すほどの、威勢のいい赤鉛筆の大マルである。付添っていった人のはなしでは、地元婦人会が赤飯やボタ餅を振舞って歓迎して下さったとかで、南瓜《かぼちゃ》の茎まで食べていた東京に較べれば大マルに違いなかった。

ところが、次の日から小マルは急激に小さくなっていった。情ない黒鉛筆の小マルは遂にバツに変った。その頃、少し離れた所に疎開していた上の妹が、下の妹に逢いに行った。

下の妹は、校舎の壁に寄りかかって梅干の種子をしゃぶっていたが、姉の姿を見ると種子をペッと吐き出して泣いたそうな。

間もなくバツの葉書もこなくなった。三月目に母が迎えに行った時、百日咳を患っていた妹は、虱《しらみ》だらけの頭で三畳の布団部屋に寝かされていたという。

妹が帰ってくる日、私と弟は家庭菜園の南瓜を全部収穫した。小さいのに手をつけると叱る父も、この日は何も言わなかった。私と弟は、一抱えもある大物から掌《てのひら》にのるウラナリまで、二十数個の南瓜を一列に客間にならべた。これ位しか妹を喜ばせる方法がなかったのだ。

夜遅く、出窓で見張っていた弟が、

「帰ってきたよ！」

と叫んだ。茶の間に坐っていた父は、裸足《はだし》でおもてへ飛び出した。防火用水桶の前で、瘠《や》せた妹の肩を抱き、声を上げて泣いた。私は父が、大人の男が声を立てて泣くのを初めて見た。

あれから三十一年。父は亡くなり、妹も当時の父に近い年になった。だが、あの字のない葉書は、誰がどこに仕舞ったのかそれとも失くなったのか、私は一度も見ていない。

ごはん

歩行者天国というのが苦手である。

天下晴れて車道を歩けるというのに歩道を歩くのは依怙地《えこじ》な気がするし、かといって車道を歩くと、どうにも落着きがよくない。

滅多に歩けないのだから、歩ける時に歩かなくては損だというさもしい気持がどこかにある。頭では正しいことをしているんだと思っても、足の方に、長年飼い慣らされた習性からうしろめたいものがあって、心底《しんそこ》楽しめないのだ。

この気持は無礼講に似ている。

十年ほど出版社勤めをしたことがあるが、年に一度、忘年会の二次会などで、無礼講というのがあった。その晩だけは社長もヒラもなし。いいたいことをいい合う。一切根にもたないということで、羽目を外して騒いだものだった。

酔っぱらって上役にカラむ。こういう時オツに澄ましていると、融通が利《き》かないと思われそうなので、酔っぱらったふりをして騒ぐ。

わざと乱暴な口を利いてみる。

だが、気持の底に冷えたものがある。

これはお情けなのだ。

一夜明ければ元の木阿弥《もくあみ》。調子づくとシッペ返しがありそうな、そんな気もチラチラしながら、どこかで加減しいしい羽目を外している。

あの開放感と居心地の悪さ、うしろめたさは、もうひとつ覚えがある。

それは、畳の上を土足で歩いた時だった。

今から三十二年前の東京大空襲の夜である。


当時、私は女学校の三年生だった。

軍需工場に動員され、旋盤工として風船爆弾の部品を作っていたのだが、栄養が悪かったせいか脚気《かっけ》にかかり、終戦の年はうちにいた。

空襲も昼間の場合は艦載機が一機か二機で、偵察だけと判っていたから、のんびりしたものだった。空襲警報のサイレンが鳴ると、飼猫のクロが仔猫をくわえてどこかへ姿を消す。それを見てから、ゆっくりと本を抱えて庭に掘った防空壕へもぐるのである。

本は古本屋で買った「スタア」と婦人雑誌の附録の料理の本であった。クラーク・ゲーブルやクローデット・コルベールの白亜の邸宅の写真に溜息《ためいき》をついた。私はいっぱしの軍国少女で、「鬼畜米英」と叫んでいたのに、聖林《ハリウッド》だけは敵性国家ではないような気がしていた。シモーヌ・シモンという猫みたいな女優が黒い光る服を着て、爪先をプッツリ切った不思議な形の靴をはいた写真は、組んだ脚の形まで覚えている。

料理の本は、口絵を見ながら、今日はこれとこれにしようと食べたつもりになったり、材料のあてもないのに、作り方を繰返し読みふけった。頭の中で、さまざまな料理を作り、食べていたのだ。

「コキール」「フーカデン」などの食べたことのない料理の名前と作り方を覚えたのも、防空壕の中である。

「シュー・クレーム」の頂きかた、というのがあって、思わず唾をのんだら、

「淑女は人前でシュー・クレームなど召し上ってはなりません」

とあって、がっかりしたこともあった。

三月十日。

その日、私は昼間、蒲田に住んでいた級友に誘われて潮干狩に行っている。寝入りばなを警報で起された時、私は暗闇の中で、昼間採ってきた蛤《はまぐり》や浅蜊《あさり》を持って逃げ出そうとして、父にしたたか突きとばされた。

「馬鹿！　そんなもの捨ててしまえ」

台所いっぱいに、蛤と浅蜊が散らばった。

それが、その夜の修羅場《しゅらば》の皮切りで、おもてへ出たら、もう下町の空が真赤になっていた。我家は目黒の祐天寺のそばだったが、すぐ目と鼻のそば屋が焼夷弾《しょういだん》の直撃で、一瞬にして燃え上った。

父は隣組の役員をしていたので逃げるわけにはいかなかったのだろう、母と私には残って家を守れといい、中学一年の弟と八歳の妹には、競馬場あとの空地に逃げるよう指示した。

駆け出そうとする弟と妹を呼びとめた父は、白麻の夏布団を防火用水に浸し、たっぷりと水を吸わせたものを二人の頭にのせ、叱りつけるようにして追い立てた。この夏掛けは水色で縁を取り秋草を描いた品のいいもので、私は気に入っていたので、「あ、惜しい」と思ったが、さっきの蛤や浅蜊のことがあるので口には出さなかった。だが、そのうちに夏布団や浅蜊どころではなくなった。「スタア」や料理の本なんぞといってはいられなくなってきた。火が迫ってきたのである。

「空襲」

この日本語は一体誰がつけたのか知らないが、まさに空から襲うのだ。真赤な空に黒いB29。その頃はまだ怪獣ということばはなかったが、繰り返し執拗《しつよう》に襲う飛行機は、巨大な鳥に見えた。

家の前の通りを、リヤカーを引き荷物を背負い、家族の手を引いた人達が避難して行ったが、次々に上る火の手に、荷を捨ててゆく人もあった。通り過ぎたあとに大八車が一台残っていた。その上におばあさんが一人、チョコンと坐って置き去りにされていた。父が近寄った時、その人は黙って涙を流していた。

炎の中からは、犬の吠え声が聞えた。

飼犬は供出するよういわれていたが、こっそり飼っている家もあった。連れて逃げるわけにはゆかず、繋《つな》いだままだったのだろう。犬とは思えない凄《すさ》まじいケダモノの声は間もなく聞えなくなった。

火の勢いにつれてゴオッと凄まじい風が起り、葉書大の火の粉が飛んでくる。空気は熱く乾いて、息をすると、のどや鼻がヒリヒリした。今でいえばサウナに入ったようなものである。

乾き切った生垣を、火のついたネズミが駆け廻るように、火が走る。水を浸した火叩きで叩き廻りながら、うちの中も見廻らなくてはならない。

「かまわないから土足で上れ！」

父が叫んだ。

私は生れて初めて靴をはいたまま畳の上を歩いた。

「このまま死ぬのかも知れないな」

と思いながら、泥足で畳を汚すことを面白がっている気持も少しあったような気がする。

こういう時、女は男より思い切りがいいのだろうか。父が、自分でいっておきながら爪先立ちのような半端な感じで歩いているのに引きかえ、母は、あれはどういうつもりだったのか、一番気に入っていた松葉の模様の大島の上にモンペをはき、いつもの運動靴ではなく父のコードバンの靴をはいて、縦横に走り廻り、盛大に畳を汚していた。母も私と同じ気持だったのかも知れない。

三方を火に囲まれ、もはやこれまでという時に、どうしたわけか急に風向きが変り、夜が明けたら、我が隣組だけが嘘のように焼け残っていた。私は顔中煤《すす》だらけで、まつ毛が焼けて無くなっていた。

大八車の主が戻ってきた。父が母親を捨てた息子の胸倉を取り小突き廻している。そこへ弟と妹が帰ってきた。

両方とも危い命を拾ったのだから、感激の親子対面劇があったわけだが、不思議に記憶がない。覚えているのは、弟と妹が救急袋の乾パンを全部食べてしまったことである。うちの方面は全滅したと聞き、お父さんに叱られる心配はないと思って食べたのだという。

孤児になったという実感はなく、おなかいっぱい乾パンが食べられて嬉しかった、とあとで妹は話していた。

さて、このあとが大変で、絨毯《じゅうたん》爆撃がいわれていたこともあり、父は、この分でゆくと次は必ずやられる。最後にうまいものを食べて死のうじゃないかといい出した。

母は取っておきの白米を釜いっぱい炊き上げた。私は埋めてあったさつまいもを掘り出し、これも取っておきのうどん粉と胡麻《ごま》油で、精進揚《しょうじんあげ》をこしらえた。格別の闇ルートのない庶民には、これでも魂の飛ぶようなご馳走だった。

昨夜の名残りで、ドロドロに汚れた畳の上にうすべりを敷き、泥人形のようなおやこ五人が車座になって食べた。あたりには、昨夜の余燼《よじん》がくすぶっていた。

わが家の隣りは外科の医院で、かつぎ込まれた負傷者も多く、息を引き取った遺体もあった筈だ。被災した隣り近所のことを思えば、昼日中から、天ぷらの匂いなどさせて不謹慎のきわみだが、父は、そうしなくてはいられなかったのだと思う。

母はひどく笑い上戸《じょうご》になっていたし、日頃は怒りっぽい父が妙にやさしかった。

「もっと食べろ。まだ食べられるだろ」

おなかいっぱい食べてから、おやこ五人が河岸のマグロのようにならんで昼寝をした。

畳の目には泥がしみ込み、藺草《いぐさ》が切れてささくれ立っていた。そっと起き出して雑巾《ぞうきん》で拭こうとする母を、父は低い声で叱った。

「掃除なんかよせ。お前も寝ろ」

父は泣いているように見えた。

自分の家を土足で汚し、年端《としは》もゆかぬ子供たちを飢えたまま死なすのが、家長として父として無念だったに違いない。それも一個人ではどう頑張っても頑張りようもないことが口惜《くや》しかったに違いない。

学童疎開で甲府にいる上の妹のことも考えたことだろう。一人だけでも助かってよかったと思ったか、死なばもろとも、なぜ、出したのかと悔んだのか。

部屋の隅に、前の日に私がとってきた蛤や浅蜊が、割れて、干からびて転がっていた。

戦争。

家族。

ふたつの言葉を結びつけると、私にはこの日の、みじめで滑稽《こっけい》な最後の昼餐《ちゅうさん》が、さつまいもの天ぷらが浮かんでくるのである。

はなしがあとさきになるが、私は小学校三年生の時に病気をした。肺門淋巴腺炎《リンパせんえん》という小児結核のごく初期である。

病名が決った日からは、父は煙草《たばこ》を断った。

長期入院。山と海への転地。

「華族様の娘ではあるまいし」

親戚からかげ口を利かれる程だった。

家を買うための貯金を私の医療費に使ってしまったという徹底ぶりだった。

父の禁煙は、私が二百八十日ぶりに登校するまでつづいた。

広尾の日赤病院に通院していた頃、母はよく私を連れて鰻《うなぎ》屋へ行った。病院のそばの小さな店で、どういうわけか客はいつも私達だけだった。

隅のテーブルに向い合って坐ると、母は鰻丼を一人前注文する。肝焼がつくこともあった。鰻は母も大好物だが、

「お母さんはおなかの具合がよくないから」

「油ものは欲しくないから」

口実はその日によっていろいろだったが、つまりは、それだけのゆとりがなかったのだろう。

保険会社の安サラリーマンのくせに外面《そとづら》のいい父。親戚には気前のいいしゅうとめ。そして四人の育ち盛りの子供たちである。この鰻丼だって、縫物のよそ仕事をして貯《た》めた母のへそくりに決っている。私は病院を出て母の足が鰻屋に向うと、気が重くなった。

鰻は私も大好物である。だが、小学校三年で、多少ませたところもあったから、小説などで肺病というものがどんな病気かおぼろげに見当はついていた。

今は治っても、年頃になったら発病して、やせ細り血を吐いて死ぬのだ、という思いがあった。

少し美人になったような気もした。鰻はおいしいが肺病は甘くもの悲しい。おばあちゃんや弟妹達に内緒で一人だけ食べるというのも、嬉しいのだがうしろめたい。

どんなに好きなものでも、気持が晴れなければおいしくないことを教えられたのは、この鰻屋だったような気もするし、反対に、多少気持はふさいでも、おいしいものはやっぱりおいしいと思ったような気もする。どちらにしても、食べものの味と人生の味とふたつの味わいがあるということを初めて知ったということだろうか。

今でも、昔風のそば屋などに入って鏡があると、ふっとあの日のことを考えることがある。

暗い臙脂《えんじ》のビロードのショールで衿元をかき合せるようにしながら、私の食べるのを見るともなく見ていた母の姿が見えてくる。その前に、セーラー服の上に濃いねずみ色と赤の編み込み模様の厚地のバルキー・セーターを重ね着した、やせて目玉の大きい女の子が坐っていて、それが私である。母はやっと三十だった。髪もたっぷりとあり、下ぶくれの顔は、今の末の妹そっくりである。赤黄色いタングステンの電球は白っぽい蛍光灯に変り、鏡の中にかつての日の母と私に似たおやこを見つけようと思っても、たまさか入ってくるおやこ連れは、みな明るくアッケラカンとしているのである。

母の鰻丼のおかげか、父の煙草断ちのご利益《りやく》か、胸の病の方は再発せず今日に至っている。

空襲の方も、ヤケッパチの最後の昼餐の次の日から、B29は東京よりも中小都市を狙いはじめ、危いところで命拾いをした形になった。

それにしても、人一倍食いしん坊で、まあ人並みにおいしいものも頂いているつもりだが、さて心に残る〝ごはん〟をと指を折ってみると、第一に、東京大空襲の翌日の最後の昼餐。第二が、気がねしいしい食べた鰻丼なのだから、我ながら何たる貧乏性かとおかしくなる。

おいしいなあ、幸せだなあ、と思って食べたごはんも何回かあったような気もするが、その時は心にしみても、ふわっと溶けてしまって不思議にあとに残らない。

釣針の「カエリ」のように、楽しいだけではなく、甘い中に苦みがあり、しょっぱい涙の味がして、もうひとつ生き死ににかかわりのあったこのふたつの「ごはん」が、どうしても思い出にひっかかってくるのである。

編集付記

本書は中学校の国語教科書（一九四六年度〜二〇一六年度）に掲載された文学作品のなかから、家族をめぐる小説・随筆を独自に選んで編集したものである。

一、作品の収録にあたり、原則として著者の作品集を底本とした。かな遣いは新かな遣いに統一した。底本中、明らかな誤植と考えられる箇所は訂正し、ルビは底本に拠りつつ適宜付した。

一、収録作品の初出、初採録、底本については各作品の扉裏に明記した。

一、本文中、今日の人権意識に照らして不適切な語句や表現が見られるが、発表当時の時代背景と作品の文化的価値に鑑みて、底本のままとした。

本書は中公文庫オリジナルです。

中公文庫

教科書名短篇《きょうかしょめいたんぺん》
——家族《かぞく》の時間《じかん》

2021年4月25日　初版発行
2022年4月30日　再版発行

編　者　中央公論新社《ちゅうおうこうろんしんしゃ》

発行者　松 田 陽 三

発行所　中央公論新社
〒100-8152　東京都千代田区大手町1-7-1
電話　販売 03-5299-1730　編集 03-5299-1890
URL https://www.chuko.co.jp/

D T P　嵐下英治
印　刷　三晃印刷
製　本　小泉製本

Published by CHUOKORON-SHINSHA, INC.
Printed in Japan　ISBN978-4-12-207060-8 C1193

中公文庫既刊より

各書目の下段の数字はISBNコードです。978－4－12が省略してあります。

あ-96-1
昭和の名短篇
荒川洋治 編
現代詩作家・荒川洋治が昭和・戦後期の名篇を厳選。志賀直哉、高見順から色川武大まで全十四篇を収録した戦後文学アンソロジーの決定版。文庫オリジナル。
207133-9

ち-8-8
事件の予兆 文芸ミステリ短篇集
中央公論新社 編
大岡昇平、小沼丹から野坂昭如、田中小実昌まで。非ミステリ作家による知られざる上質なミステリ十編を一冊にした異色のアンソロジー。〈解説〉堀江敏幸
206923-7

お-2-12
大岡昇平 歴史小説集成
大岡 昇平
「挙兵」「吉村虎太郎」など長篇『天誅組』に連なる作品群ほか、「高杉晋作」「竜馬殺し」「将門記」など戦争小説としての歴史小説全10編。〈解説〉川村 湊
206352-5

や-1-2
安岡章太郎 戦争小説集成
安岡章太郎
軍隊生活の滑稽と悲惨を巧みに描いた長篇「遁走」ほか、短篇五編を含む文庫オリジナル作品集。巻末に開高健との対談「戦争文学と暴力をめぐって」を併録。
206596-3

た-30-28
文章読本
谷崎潤一郎
正しく文学作品を鑑賞し、美しい文章を書こうと願うすべての人の必読書。文章入門としてだけでなく文豪の豊かな経験談でもある。〈解説〉吉行淳之介
202535-6

み-9-15
文章読本 新装版
三島由紀夫
あらゆる様式の文章・技巧の面白さ美しさを、該博な知識と豊富な実例と実作の経験から詳細に解明した万人必読の書。人名・作品名索引付。〈解説〉野口武彦
206860-5

み-9-11
小説読本
三島由紀夫
作家を志す人々のために「小説とは何か」を解き明かし、自ら実践する小説作法を披瀝する、三島由紀夫による小説指南の書。〈解説〉平野啓一郎
206302-0

み-9-12
古典文学読本
三島由紀夫

「日本文学小史」をはじめ、独自の美意識によって古今集や能、葉隠まで古典の魅力を綴った秀抜なエッセイを初集成。文庫オリジナル。〈解説〉富岡幸一郎

206323-5

ま-17-9
文章読本
丸谷才一

当代の最適任者が多彩な名文を実例に引きながら文章の本質を明かし、作文のコツを具体的に説く。最も正統的で実際的な文章読本。〈解説〉大野　晋

202466-3

よ-17-15
文章読本
吉行淳之介選
日本ペンクラブ編

名文とは何か――。谷崎潤一郎から安岡章太郎、金井美恵子まで、二十名の錚々たる作家が綴る、文章術の極意と心得。〈巻末対談〉吉行淳之介・丸谷才一

206994-7

し-55-1
日曜日／蜻蛉《とんぼ》 生きものと子どもの小品集
志賀直哉

志賀直哉は生きものや子どもを好んで書き、普遍的な名品を多く生んだ。これらの作品を集めた短篇集『日曜日』『蜻蛉』を合本とし二十四篇を収録。〈解説〉阿部公彦

207154-4

な-6-3
歌のわかれ・五勺の酒
中野重治

旧制四高生の青春を描く「歌のわかれ」、天皇感情を問うた「五勺の酒」に「村の家」などを収めた代表作選集。〈巻末エッセイ〉石井桃子・安岡章太郎ほか

207157-5

う-37-2
ボロ家の春秋
梅崎春生

直木賞受賞の表題作と「黒い花」をはじめ候補作全四篇に、小説をめぐる随筆を併録した文庫オリジナル作品集。〈巻末エッセイ〉野呂邦暢〈解説〉荻原魚雷

207075-2

く-29-1
漂流物・武蔵丸
車谷長吉

平林たい子賞、川端康成賞受賞の表題作二篇ほか短篇小説と講演「私の小説論」、随筆を併録した直木賞作家の文庫オリジナル選集。〈巻末エッセイ〉高橋順子

207094-3

よ-13-13
少女架刑 吉村昭自選初期短篇集Ⅰ
吉村　昭

歴史小説で知られる著者の文学的原点を示す初期作品集（全二巻）。「鉄橋」「星と葬礼」等一九五二年から六〇年までの七編とエッセイ「遠い道程」を収録。

206654-0

各書目の下段の数字はＩＳＢＮコードです。978－4－12が省略してあります。

よ-13-14
透明標本　吉村昭自選初期短篇集Ⅱ
吉村　昭
死の影が色濃い初期作品から芥川賞候補となった表題作、太宰治賞受賞作「星への旅」ほか一九六一年から六六年の七編を収める。〈解説〉荒川洋治
206655-7

い-35-19
イソップ株式会社
井上ひさし
和田　誠　絵
夏休み。いなかですごす二人の姉弟のもとに、毎日届く父からの手紙には、一日一話の小さな「お話」が書かれていた。物語が生み出す、新しい家族の姿。
204985-7

い-37-7
利休の死　戦国時代小説集
井上　靖
桶狭間の戦い（一五六〇）から本能寺の変（八二）、利休の死（九一）まで戦国乱世の三十年を十一篇の短篇で描く、文庫オリジナル小説集。〈解説〉末國善己
207012-7

い-37-6
晩　夏　少年短篇集
井上　靖
二度と戻らぬ、あの日々――。教科書名短篇「帽子」「赤い実」ほか、少年を主人公とする珠玉の十五篇。文庫オリジナル。〈巻末エッセイ〉辻　邦生・椎名　誠
206998-5

よ-17-16
子供の領分
吉行淳之介
教科書で読み継がれた名篇「童謡」など、早熟でどこか醒めた少年の世界を描く十篇。随筆「子供の時間」他一篇を付す。〈巻末エッセイ〉安岡章太郎・吉行和子
207132-2

み-5-2
盆土産と十七の短篇
三浦　哲郎
「盆土産」「とんかつ」など、国語教科書で長年読み継がれた名篇を中心に精選したオリジナル・アンソロジー。自作解説を付す。〈巻末エッセイ〉阿部　昭
206901-5

あ-20-3
天使が見たもの　少年小景集
阿　部　昭
短篇の名手による〈少年〉を主題としたオリジナル・アンソロジー。表題作ほか教科書の定番「あこがれ」「自転車」など全十四編。〈巻末エッセイ〉沢木耕太郎
206721-9

の-3-13
戦争童話集
野坂　昭如
戦後を放浪しつづける著者が、戦争の悲惨な極限に生まれえた非現実の愛とその終わりを「八月十五日」に集約して描く、万人のための、鎮魂の童話集。
204165-3

の-3-15
新編「終戦日記」を読む
野坂　昭如

空襲、原爆、玉音放送……あの夏の日、日本人は何を思ったか。文人・政治家の日記を渉猟し、自らの体験を綴る。戦争随筆十三篇を増補。〈解説〉村上玄一

206910-7

ふ-18-5
流れる星は生きている
藤原　てい

昭和二十年八月、ソ連参戦の夜、夫と引き裂かれた妻と愛児三人の壮絶なる脱出行が始まった。敗戦下の苦難に耐えて生き抜いた一人の女性の厳粛な記録。

204063-2

ふ-18-1
旅　路
藤原　てい

戦後の超ベストセラー『流れる星は生きている』の著者が、三十年の後に、激しい試練に立ち向かって生きた人生を辿る感動の半生記。〈解説〉角田房子

201337-7

よ-47-1
洟《はな》をたらした神
吉野　せい

詩人である夫とともに開墾者として生きた女性の年代記。残酷なまでに厳しい自然、弱くも逞しくもある人々、夫との愛憎などを、質実かつ研ぎ澄まされた言葉でつづる。

205727-2

し-11-2
海辺の生と死
島尾　ミホ

記憶の奥に刻まれた奄美の暮らしや風物、幼時の思い出、特攻隊長として島にやって来た夫島尾敏雄との出会いなどを、ひたむきな眼差しで心のままに綴る。

205816-3

い-116-1
食べごしらえ　おままごと
石牟礼道子

父がつくったぶえんずし、獅子舞にさしだした鯛の身。土地に根ざした食と四季について、記憶を自在に行き来しながら多彩なことばでつづる。〈解説〉池澤夏樹

205699-2

の-1-3
秀吉と利休
野上彌生子

愛憎半ばする交わりの果てに迎えた宿命的破局——そこにいたる峻烈な人間関係を綿密重厚な筆で追求した絢爛たる巨篇。女流文学賞受賞作。〈解説〉山崎正和

207169-8

え-7-2
食卓のない家
円地　文子

過激派学生による人質籠城事件。世間は学生だけでなく親たちの責任も追及するが——連合赤軍事件をモチーフに個人と社会のあり方を問う。〈解説〉篠田節子

207166-7